乳首に試験管をかぶせられ、ミルクを搾り取られている。
なのに、たまらなく感じる。

illustration by CHIHARU NARA

オメガの乳《ちち》雫《しずく》

バーバラ片桐
BARBARA KATAGIRI

イラスト
奈良千春
CHIHARU NARA

Lovers Label

CONTENTS

〔一〕

その衝撃《しょうげき》が菅野瑛斗《すがのあきと》を襲《おそ》ったのは、レディスショットバーで、馴染《なじ》みの店員を口説《くど》き落としたときだった。勤務時間が終わったら店外デートに応じてくれるという了承《りょうしょう》を取った、絶好調の瞬間だ。

朝から体調の異変は感じていたものの、不意に膝《ひざ》が砕《くだ》けるほどにぞくりとした戦慄《せんりつ》が、尾《び》てい骨《こつ》から広がる。いつもは全く気にならないはずの肌着《はだぎ》や衣服の感触が、やけに鮮明《せんめい》に感じられた。

これは何だと、瑛斗は全身の感覚を探ってみた。だが、その理由がわからないまま、店内の洗面所に向かったのは、性器のあたりがなぜかムズムズしていたからだ。

――なんだこれは。酔《よ》いすぎたのか？

瑛斗がいたのは、丸の内界隈《かいわい》の高架下《こうかした》の店だ。

間接照明メインのしゃれた店内は、丸の内や新橋あたりの企業に勤めるサラリーマン客で混雑していた。

瑛斗はトイレのドアを押し開き、真新しい空間で軽く息をついた。個室が埋《う》まっているのを見て洗面台に軽く腕を突っ張り、その正面にある鏡《かがみ》を何気《なにげ》なくのぞきこむ。

そこに映しだされた顔を見た途端《とたん》、ドキッとした。自覚している自分の顔とは、あまりにも雰《ふん》囲気《いき》が違っていたからだ。

いつもなら、男っぽく目つきが鋭《するど》い、どこか不愛想《ぶあいそう》な顔が見えるはずだ。

生まれたときからこんな顔だが、今は営業職だ。だから、仕事中と女性を口説くときには、ことさらにこやかにしている。

そうすれば、多少はお高くとまっていた女でも、三回目にはアフターに応じてくれるぐらいのそこそこの容姿《ようし》だ。

今日もそれで、成功したはずだった。カウンターの向こうにいたのは、胸を強調する服装をした、ベータメスの店員だった。いつでも誘《さそ》うような目をして、瑛斗を挑発《ちょうはつ》してきていた。

「……ッ」

だが、その女の顔を思い浮かべただけで、吐《は》き気《け》がこみあげてきた。

そのくせ、下腹がうずくような奇妙《きみょう》な感覚は消えない。不思議《ふしぎ》な感覚が宿っているのは、ペニスではなく内臓《ないぞう》のほうだ。

——なんだ、これは。

へその奥のほう。いつもは意識などしたことがない、身体の内側。

困惑《こんわく》しながら視線を動かすと、鏡の中の自分と目が合った。やはり自分とは思えなくて、まじまじと眺《なが》めてしまう。

頬《ほほ》が桜色《さくらいろ》に上気して、目がとろんとしていた。クールでタフな雰囲気が売りの自分とは思えない。不思議と色香があって、いつもの自分とは切り離された別の存在のように思えた。

そのとき、背後を通りすぎようとしていたトイレの先客が、いきなり腰に抱きついてきた。

「っうわ！」

予想もしていなかったことだけに、防御《ぼうぎょ》もできなかった。

勢いが殺せず、壁《かべ》のタイルに押しつけられた。ぎょっとして振り払おうとしたとき、先客がひどく荒《あら》い息をしているのに気づく。その男に、渾身《こんしん》の力で壁に全身を押しつけられる。

「オメガか。オメガだろ？　ダメだよ、発情期《はつじょうき》に、……こんなにフェロモン垂《た》れ流しにしちゃあ」

「俺は、……オメガじゃ、……ない！」

ふざけんなと思いながら、瑛斗は男を振り払おうとした。

自分は、ベータのオスだ。

ごく普通の家で育った。義務教育で遺伝《いでん》の勉強をするから、ベータの両親からでもオメガやアルファの子が生まれるのは理解している。だが、自分がそれであるはずがない。

オメガであれば、第二次性徴《せいちょう》のときに発情期がくるからだ。

だが、瑛斗は何もないまま、二十八年間生きてきた。

「離せ……っ、やめ、ろ……っ！」

「そんなに、誘う匂《にお》いを放ちやがって……」

男はますます興奮《こうふん》した様子で、瑛斗に下半身を擦《こす》りつけてくる。腰のあたりにぐりぐりと擦りつけられる弾力《だんりょく》のあるものが、硬くなった性器だと理解した途端、ぞわっと全身に鳥肌が立った。

爆発的《ばくはつてき》な力で、その腹に思いっきり膝を叩《たた》きこむ。

「っぐ！」

男が床に崩《くず》れ落ちるのを見て、瑛斗はそのままトイレから出た。

自分がオメガだなんて、ひどい勘違《かんちが》いだ。だが、身体はますます火照《ほて》って、特に腰のあたりが甘くうずく。立っているのもきついぐらいだ。一刻《いっこく》でも早くどこか人のいないところに行って、この身体の変調が何なのか確認したい。

こんなのは、初めてだった。

もしかして、本当にオメガの発情期がやってきたのだろうか。そんな考えが頭をよぎる。鏡で見た顔が思い浮かんだ。いつもの自分とは違う、火照って、色香を垂れ流しているような顔をしていた。

だが、すぐに首を振って、その想像を頭の中から消し去ろうとした。

――だって、俺はもう二十八だぜ？

オメガに初めての発情期がくるのは、十代半ばから終わりのころと聞いている。とっくにその時期は過ぎた。自分はベータのオスだという自覚の元に、ベータのメスを漁《あさ》ってきた。

長続きする恋人は見つけられなかったものの、そこそこモテてきた。その自分が、この年でいきなりオメガとして開花するなどありえない。

――だったら……この火照りは……何だ……。

発情期に入ったオメガのフェロモンは、オメガ以外の種族を強烈《きょうれつ》に惹《ひ》きつける。オスメス限らずだ。義務教育で、そのあたりの知識は叩きこまれる。

だが、発情期のオメガのフェロモンは、誰かれかまわず作用するわけではない。適合する相手に限られるが、相手に及《およ》ぼす効果は甚大《じんだい》らしい。

性犯罪《せいはんざい》を誘発《ゆうはつ》しかねないほど、強烈に相手の理性を奪《うば》うとされていた。

だから、発情期が来たオメガはすぐさま病院に行って診断《しんだん》を受け、発情期抑制剤《よくせいざい》を服用して、公共の場でフェロモンを垂れ流さないことが義務とされていた。

その義務を保証《ほしょう》するための、法整備もなされている。万《まん》が一《いち》、思わぬタイミングで発情期が来た場合の、緊急《きんきゅう》番号まであった。そこにかければ保険局派遣《はけん》の救急車がすぐさまやってきて、病院まで送り届けてくれる。

だが、そこまでするのは、大げさだし恥ずかしい。瑛斗は発情期慣れしていないうえに、まだ自分がオメガだと認められずにいた。

何より、瑛斗の勤務先は製薬《せいやく》会社だ。

瑛斗は営業として、ドラッグストアなどで扱《あつか》う一般用医薬品を担当している。オメガが発情期に使用する抑制剤も扱っており、この四月から処方箋《しょほうせん》なしの要指導薬品に運用が変わっていた。そのサンプルが手元に残っている。

――あれを飲んだら、この場をしのげるんじゃね？

そんなふうに、考えた。

時間外の病院に保険局の救急車で運ばれて、この年になって初めての発情期が来たと医師に話すのは、いきなり生理が来たと告白するのと同じぐらい、受け入れがたいことだった。何かの間違いでは、という気持ちも強い。

——そうだ。……とにかくそれを飲んで、症状《しょうじょう》が落ち着くかを試してみてからで……。明日になっても体調が変だったら、病院に行って診断を受ければいい。

往生際《おうじょうぎわ》悪く、そんなふうに考えた。

ふらつきながら瑛斗は荷物と上着を回収し、急用が出来たと言って会計を済ませる。アフターを承諾《しょうだく》してくれた店員は不審《ふしん》そうに瑛斗を見た。だが、ろくに視線も合わせられない。今の自分の状況《じょうきょう》を、どう説明していいのかわからないからだ。

店を出て、少しだけホッとした。

外気の中なら、自分が強烈にフェロモンを漂《ただよ》わせていたとしても、拡散《かくさん》されるはずだ。ここから職場まで、徒歩で向かうことにした。

時刻《じこく》は午後十時すぎ。ここ数年の働き方改革《かいかく》で、入社したころよりもぐっと残業が減った。見回す丸の内のオフィス街の窓《まど》の明かりも、今の時刻はかなり落ちている。

担当している大手ドラッグストアの、季節の変わり目に向けた商品入れ替えもすでに終わっている。花粉症《かふんしょう》や春のセールに向けての売りこみも一段落ついた三月末だ。

瑛斗は人ができるだけいない道を選んで、社に向かう。

先ほどいきなり男に抱きつかれたショックが、全身に残っていた。今まで同性に発情され、抱きつかれたことなどなかった。むしろ女を狙《ねら》って落とす、ハンター側の人間だった。

だが、今日はなんだかすべての人間が敵《てき》に思える。このような心細さを覚えたのは、初めてのことだ。

――だって、力が出ない。

肌が火照り、頭がぼーっとしている。こんな状態《じょうたい》では、軽く背後から突き飛ばされただけでも、へたりこんでしまうだろう。

それでもどうにか職場であるツジタケ製薬の本社ビルまでたどり着き、社員証で夜間ゲートを抜けて、誰とも会わないまま四階にある第二医薬品営業部にたどり着いた。

すでにフロアの電気は落とされていた。

必要なところの電気をつけながら自分の机に近づき、サンプルロッカーの鍵《かぎ》を取り出した。

すぐにロッカーで、目指すものを探す。

本来ならばちゃんと病院で遺伝子検査をして、自分がオメガだと確認できてから、サンプルを服用しなければならない。発情期抑制剤は要指導薬品だから、そのように指導するように通達が出ている。

だが、すぐにでもこのムズムズした症状を解消したい。

それに万が一、自分がオメガだとしたら、強烈なフェロモンを垂れ流していることになる。

このままでは、電車を使って帰宅するのも危険が伴《ともな》う。緊急避難《きんきゅうひなん》的に、これを飲んでもいいはずだ。

――とにかく、症状を抑えなければ。

ひどく喉《のど》も渇《かわ》いていた。冷たい水も飲みたい。

自販機が地下に並んでいたことを思い出し、瑛斗はサンプルを手にして、ふらふらしながらエレベーターに乗りこんだ。

無人の社内は薄暗く、自分が立てる足音が響《ひび》く。

地下に到着した途端に、ゾッとした。

この時間になると、完全に明かりが落とされていたからだ、非常用の誘導灯《ゆうどうとう》しかついていない暗い廊下《ろうか》を歩いて、自販機にたどり着く。ディスプレイの明かりが眩《まぶ》しいほどだ。

だが、そこには先客がいた。

「——っ!」

人がいるとは思わなかったから、気づいた瞬間、ギョッとしてすくみ上がった。だが、他のフロアで残業している者がいても不思議ではない。

「お疲れさまです」

口の中でつぶやいて、瑛斗は小さく声を吐き、自販機の前に立った。

先客は壁際《かべぎわ》に立ち、紙コップに入ったコーヒーを飲んでいる。

薄暗い中であったが、彼のたたずまいは目についた。

特徴的《とくちょうてき》なのは、その顔立《ごうまん》ちだ。鼻梁《びりょう》が高く、彫《ほ》りが深い。いかにもアルファ的な端整《たんせい》さだ。高い鼻梁はややもすると傲慢に見えなくもない。

——うちのトップは、アルファが占めていると聞いた。

まさか、彼は重役かと警戒《けいかい》する。

アルファは優《すぐ》れた頭脳《ずのう》や身体能力を持つ者が多いから、この社会のエリート層を占めていた。

このツジタケ製薬も例に漏《も》れず、代表取締役や重役の座をアルファが独占している。社名でもある創業者一族の辻岳《つじたけ》家も、アルファだ。ここにいる彼も、もしかしたらその一人ではないだろうか。

そう気づいた瑛斗は、さりげなくその男を観察《かんさつ》する。

隙《すき》なく着こんだスーツや、それをこんな夜遅い時間でも着崩《きくず》していないことが、彼のエリート性を際立《きわだ》たせているように思えた。

だが、あえて視線をそらして関《かか》わりあいになりたくないという雰囲気を漂わせたのは、出世には縁《えん》がなく、自分の能力の限度も知っていたからだ。あまり偉《えら》い人に近づきたくない。

とっとと自販機で水を買って、サンプルを飲みたい。ツジタケ製薬の新製品である市販の発情期抑制剤は、効《き》き目《め》が早いのを売りにしていたはずだ。

小銭《こぜに》を押しこみ、ボタンを押した。だが、ペットボトルを拾いあげるために屈《かが》みこもうとしたときに、瑛斗の腰はつかまれてひっくり返され、彼と向かい合う形で自販機に押しつけられた。

「っ、え?」

何が起こったのかわからなかった。鼓動《こどう》が一気に跳《は》ね上がる。

だが、彼の鋭《するど》い目を見た瞬間に理解した。自分の身体から発せられるオメガのフェロモンが、また影響《えいきょう》を及ぼしたのだ。

だが、先ほどと違うのは、押しつけられた彼の身体から漂う匂いを嗅《か》いだ瞬間、瑛斗の身体もぞくりと芯《しん》のほうから痺《しび》れたことだった。

だが、そのことに驚《おどろ》いている場合ではなかった。

抱きつく形になった彼の手が、スーツの上から身体を探ってくる。尻《しり》をわしづかみにされたら、不愉快《ふゆかい》でしかないはずなのに、がくがくと膝が揺れて、立っていられなくなるほど力が抜けていく。

気がつけばへたりこんでいた。呆然《ぼうぜん》と彼を見上げる。

――なん、……だ、これ。……おかしい……っ。

何が自分に起きているのかわからない。だが、そのとき、その男が屈みこんで、瑛斗の全身を肩の上に抱き上げた。

「どうして発情したオメガが、放し飼いにされてるんだ？　抑制剤を飲めばいいのに」

彼も多少興奮《こうふん》しているのか、声がかすれて上擦《うわず》っている。思っていたよりも若い声だ。

抱き上げられるときに見えた端整な顔立ちからすれば、おそらく三十歳そこそこだ。何をされるかわからない気配に、瑛斗はもがいた。

「離せ……！」

「生きのいいオメガだ。俺との相性を、確認してみないか」

――確認って、何するつもりだ……？

まともに質問も口にできないほど性急に、荷物のように肩で背負われたまま、廊下を移動していく。

瑛斗は特に華奢《きゃしゃ》というわけでもない。なのに、逃《のが》れようと暴《あば》れる男一人を軽々運んでいくなん

ENERGY

て、すごい力だ。アルファだからだろうか。本気で逃げたかったが、体勢が不安定で、焦《あせ》りばかりが広がっていく。

エレベーターホールの一番右端《みぎはし》のエレベーターに、その格好《かっこう》のまま乗りこまれた。重役室ばかりが連なる高層階《こうそうかい》直通のものだ。

エレベーターをかたどる枠《わく》すら高級感のあるそこに連れこまれても、身体の向きすら自由にならなかった。

すぐにエレベーターは、高層階に到着した。

その間、彼の背中に顔が押しつけられ、呼吸するたびに否応なしにその匂いを吸《す》いこむことになる。吸えば吸うほど身体の力が抜け、ぼーっとする。

気がついたときには、重役室のソファに下ろされていた。フラットにされたソファに靴《くつ》のまま仰向《あおむ》けに乗せられている。腰の奥にマグマのような熱が渦巻《うずま》いていた。

吐き出す息がひどく熱かった。身体の上に男が身体を重ねてきても、その重みをむしろ心地《ここち》いいとまで感じた。

性急に服が脱《ぬ》がされていく。腰からスラックスが抜かれたときに一瞬焦ったが、すぐに意識は甘さに溶《と》ける。

靴まで脱がされたとき、下半身を丸出しにされる。次にワイシャツを脱がされ、アンダーシャツをめくりあげられ、上気した肌を外気にさらされた。

どうにか彼の身体を押し返そうとしたとき、乳首に彼の唇《くちびる》が吸いついた。

「っああ！」

ちゅ、と小さな突起《とっき》を強く吸い上げられた瞬間、かつてない快感《かいかん》がぞくりと身体を貫《つらぬ》いた。

初めての感覚に、神経が乳首に集中する。張り詰めていた乳首を、彼の濡れた生暖《なまあたた》かい舌でぬるりと転がされて、びくんと勝手に腰が跳《は》ね上がる。

「っぁ」

口から、自分が出したとは思えないような甘い声が漏れた。

そのことに狼狽《ろうばい》して唇を噛《か》もうとしたとき、また彼の舌が動いた。

ぬるぬると小さな乳首の粒《つぶ》を舌で転がされる。さらにうずいて刺激を欲しがるそこを、唇をすぼめて吸い上げられる。

「っうあ！」

その小さな部分は、いつの間にか快感の塊《かたまり》と化していた。

吸われるたびに頭の中が真っ白になるのに驚いて、ただ身体を硬直させることしかできない。

ほんの少し前まで、自分はベータのオスだと疑いなく思っていた。

オメガかもしれない疑惑《ぎわく》が湧《わ》きあがった今でも、身体つきが何ら変わったわけではない。

そこそこ鍛《きた》えているから、全身に程よく筋肉がついている。胸筋の形やボリュームはそこそこ気にしていたが、乳首のことなどほとんど意識することなく生きてきた。だが、そこが今や快感の泉になっている。

吸われているほうはもとより、反対側の乳首までむず痒《がゆ》く張り詰めていた。

いつになくぷっくりと硬く尖《とが》った乳首を、男は指の腹でそっとなぞる。ただ軽く触れられただけでも、息を呑《の》まずにはいられないほどのぞくぞくとした刺激が、皮膚の表面を伝っていく。

「っう！」

瑛斗が反応しているからか、彼は乳首を舐《な》めながら、反対側も指先で本格的になぶってきた。張り詰めた乳首を指先で器用に摘《つ》まみ、指の間で転がしては摘まみなおす。

「ンッ、……んぁ」

舌と唇による柔《やわ》らかな愛撫《あいぶ》に、指による刺激が混じるのがたまらない。

左右不均等《ふきんとう》に乳首をいじられることで、腰の奥がうずいた。早くこんな刺激など止めてほしいのに、その一方でずっとそこをいじってほしいという欲望が絶《た》え間《ま》なく湧《わ》きあがってきた。

それでも、余計なプライドが捨てきれない。

——乳首で、……感じるなんて、……おかしい。

オスが乳首で感じるなんて、恥ずかしいことだ。そんな意識がある。たとえ自分が、ベータであろうと、オメガであろうとも。

「っぁ、……やめ、ろ……、そこ……っ」

「やめてほしいのか？　だけど、ずいぶんと気持ちよさそうだ」

聞きなれない低い声の響きが、今、自分は男に押し倒されているのだと実感させる。

彼はしっかりと瑛斗を観察しているらしい。乳首への刺激が強すぎて身体に力がこもると、男の力は弱まるし、気持ちよさそうにしていると、同じ刺激がしつこく繰り返される。

だんだんと快感が増していくのは感度が上がっているだけでなく、男の動きが瑛斗に合わせて調整されているからだと気づいた。

また乳首にちゅ、ちゅっと口づけられた。絶妙《ぜつみょう》に調整されたちょうどいい刺激に吐息を漏らしていると、気づいたように男は笑った。

「ああ、そうか。……こっちにも、触れてほしいってことか」

その言葉と同時に、剝《む》き出しのペニスをなぞられる。

乳首に触れられている間に、そこは熱く張り詰めていた。軽く握《にぎ》りこまれただけでも、腰が砕けそうな快感が弾《はじ》ける。反射的に逃れようと腰を引いても、男の手は外《はず》れない。先端《せんたん》をなぞられて、そこがすでに蜜《みつ》で濡れているのがわかった。

先ほど下着まで脱がされてしまっていたから、それは男の目から隠《かく》しようがない。

「っあ!」

「ガチガチだな。ならば、こっちはどうかな?」

男はペニスからあっさりと手を離すと、瑛斗の膝を自分の膝を使って強引に押し開いた。膝の後ろに膝を押し当てられているから、そうされると閉じることができなくなる。

そんな自分の格好に狼狽していると、その足の奥に男の手が伸びてきた。軽く位置を探られてから、いきなり指が体内に入りこんでくる。

「っうぁ!　あ……っ!」

予測もしていなかった刺激に、瑛斗は硬直した。

だけど指を入れられた瞬間、下肢にずっとあったうずきは、ここから生まれていたのだと理解した。普段なら固く閉じて、排泄《はいせつ》にしか使わないところだ。

そこからのうずきが、男の指を突っこまれた瞬間、一気に快感へと変化する。軽く指を動かされただけで、かつて味わったことがないほどの甘ったるい快感が湧きあがる。

そのことに、瑛斗はひどく混乱した。

「っやめ、……ろ、……そんな……っ」

自分の身体の中に他人の指があるなんて、受け入れられるはずがない。

だが、その指がぬぷぬぷと動くたびに、さきほどの快感にさらされる。

そこはひどく濡れていたから、痛みはなかった。それどころか、気持ちよさでどうにかなりそうだ。そのことが、ますます混乱に拍車《はくしゃ》をかける。

「んっ、……あっ……！」

深くまで、男の指が突き立てられては抜かれる。

そこから広がっていくのは、ペニスから得られる即物的《そくぶつてき》なものとはまるで違う快感だった。ぞくぞくと身体の内側から湧きあがり、全身が痺れていく。それを、男の指の動きに合わせて強制的に味わわされるのだ。

「どんどん濡れてくるな。やはり発情期か。すごい匂いだ」

男がうめくように言った。

こんな声の響きには、覚えがあった。ひどく興奮して、自分を制御《せいぎょ》できなくなりつつある男の声だ。それが自分の口から出ているのならまだしも、聞かされるハメになるとは思わなかった。

「うぁ、……あ、……あ……っ」

指の動きは止まらない。たっぷり掻《か》き回されて、だんだんと声を抑《おさ》えることができなくなる。

自分がフェロモンを出している自覚はなかったが、男にはそれが強烈に作用しているようだ。

彼の目が異様な熱っぽさを帯びている。

男の指がぬぷぬぷと動くたびに、びくんびくんと腰が跳ねた。

自分の身体がいつもとはまるで違っていることを、瑛斗は理解せずにはいられない。

今までならそんなところに指を入れられても、気持ちいいと感じるはずがなかった。

だけど、今は違う。たっぷりと蜜をあふれさせ、狂《くる》おしく刺激を欲しがっている。

彼の長い指を、うずく襞《ひだ》に突き立てられ、掻き回される。襞が生き物のようにからみついて、ぎゅうぎゅうと締めつける。

せめて足を閉じたいのに、男の膝に押し広げられ、身体の中心をさらす姿勢から逃れられずにいた。

「っん、んぁ、……あ、ぁ、や、……っぁあ……っ」

男の指はうずいてたまらない襞を、隅から隅までなぞった。その中で、ひときわ感じるところがあった。そこを指が通るだけで、ぞくっと戦慄が広がって、身体が硬直してしまう。

隠そうとしたところで、男にはすぐにわかっただろう。

その感じるところに指の腹を押し当てられ、細かく上下させられる。へその裏側、おそらくは、前立腺《ぜんりつせん》に近いところだ。

「っぐっぁ、……ッダメ、……そこ、……やめろ……っぉ……っんぁ、あ…っ、ぁああ」

そこに指があるだけで、ぞわぞわとした快感がどうしても生み出される。その状態で動かされるのだから、たまったものではなかった。

肌が粟立《あわだ》つような感覚を、やり過ごすだけで精一杯《せいいっぱい》だ。なのに、執拗《しつよう》にそこを刺激されて、足の付け根が激しく痙攣《けいれん》した。どうしようもなく感じてしまうのと同時に、生理的な涙があふれる。

必死になってその感じるポイントから腰をずらそうとした。だが、そんな努力などあざ笑うかのように、指はその弱点を追いかけ、執拗に擦りたてた。

「っや、……、やめろ、……そこ、……ッん」

「とても、気持ちよさそうだ。すごく指を、しゃぶりたててくる」

首を振り、懸命《けんめい》に、本当にやめてほしいのだと訴《うった》えようとする。だが、そこを擦られている間は、まともに言葉が出てこない。息継ぎするだけでやっとだ。

男は顔を寄せ、どれだけみっともない表情になっているのかわからない瑛斗の顔を、じっくりと間近から見つめた。

「ここで、そんなに感じるのか。感じすぎるからやめろというのは、もっとしてくれ、と同じ意味だと俺は解釈《かいしゃく》している。違うか?」

「……ッ、ダメだ……、……ゆび、……抜け……っ」

懸命に訴えたのだが、それが逆に男の欲情を刺激したらしい。

「ダメ？　ダメなようには見えないが」

もう一本指が添えられた。存在感を増した二本の指で、襞全体をぐるりとなぞられる。

「っぅあ！」

腰が跳ね上がった。さらに男の指は動き回る。掻き回されるときに、必ず感じるところもえぐられた。

「っひぁ！　あっ、あっぁ……」

中の感覚がどんどん変化していく。瑛斗にとっては絶望的《ぜつぼうてき》に感じるほどに。

襞が男の指に吸いつくほど柔軟《じゅうなん》さを増し、弱点だけではなく、どこに触れられても甘すぎる快感が全身を流れるようになる。

「つう、……ぁ、……っんぁ」

入口で抜き差しされるだけでもひどく感じて、ぎゅっと中に力がこもった。

——やめてくれ……！

このままでは、どうにかなってしまう。

今まで自分がセックスするときに味わってきたのは、ペニスだけの快感だったと知る。それも、射精《しゃせい》する一瞬に凝縮《ぎょうしゅく》されたものだ。

だが、それに匹敵《ひってき》するほどのものが、男が指を動かすたびに生まれてくる。こんな快感に、耐性《たいせい》があるはずもない。

「ひっ」

二本の揃《そろ》えた指が出し入れされるたびに、意識が真っ白になるほど感じてしまう。息も絶《た》え絶《だ》えになって首を振ると、男が笑って言った。

「これを、気持ちいい、と言うんだ」

その言葉が、瑛斗の頭の中を染《そ》め変える。

――気持ち、いい。……これが……っ。

「っあ、……っぁ、あ、あ、あ……っ」

指の動きのまま、立て続けに声を上げると、男は満足したように笑った。

「気持ちいいのなら、もっとして、とねだってみろ。それとも、やっぱり抜いてほしいのか」

指がもたらす快感が、麻薬《まやく》のように全身に染みわたっていた。もはやその快感を手放すことはできない。

だけど、男だと思って生きてきた自分が、こんなところに指を突っこまれて、気持ちいいなんて言えるはずもない。

ほんのわずかに残った理性がそう訴える。

そんな瑛斗を弄《もてあそ》ぶかのように、指が動いている。抜き差しのたびに感じるところをかすめ、そこに触れられたくて、無意識に腰が揺れる。

感じるところに触れられるのが、どれだけ気持ちがいいのか知ってしまった。まともにえぐられると感じすぎてつらいほどだが、その刺激がないと物足りなく思えてくる。身体が痺れるほどの、あの快感が欲しい。それしか、考えられない。

「っぁ、……っんぁ、あ……ッ、……っは、は……っ」

その感じるところに指を導きたくて、腰が自然と動いた。だが、男はぎりぎりでそれをかわす。

必死になって指を導こうとした浅ましい自分の腰の動きに不意に気づかされ、正気に引き戻されて、半泣きになって訴えた。

「も、……っ、ぁ、……っ、抜け……っ」

欲しい刺激が与えられないのならば、望みなど断ち切られたほうがいい。

なかなかプライドを手放すことができずにいた。

なのに、その様子を見た男がかすかに笑った。それがどうしてなのかと探る間もなく、感じるところをまともにえぐられる。

「っぁ、……っぁあああぁぁあああ……っ」

ずっと欲しかった刺激を与えられて、壊《こわ》れたみたいに腰が痙攣した。

「抜いてほしいというのは、本気か？　こんなに、身体が俺の指を欲しがっているのに？」

言葉とともに、感じるところめがけて、立て続けに指を動かされた。

その長い指の腹で感じるところをゴリゴリといじられて、身体が何度も跳ね上がる。強烈な快感が消えないうちに、新たな刺激を送りこまれる。

「ぁああ、……あ……っ」

声が抑えられなくなって、腰の痙攣が止まらなくない。

ぎゅうぎゅうと中の指を締めつけ、襞の力をいつ抜いていいのかわからなくなって、硬直する。

指の動きに合わせて、身体が何度も弓《ゆみ》なりに反《そ》り返《かえ》り、悲鳴のような声が漏れる。乳首が痛いぐらいに尖っていた。

「ここに欲しかったんだろ。もっとくださいって、言ってみろ」

男は動きを止め、甘くささやいた。

だが、そんな言葉を口にするのは、男として生きてきた瑛斗には耐えられない。涙目で吐き捨てた。

「欲しく……ない……、もう、……指、抜け……っ」

必死になってあらがおうとする瑛斗の態度が、男には面白くてたまらなかったようだ。より巧《こう》妙《みょう》に中を擦りたてながら、言ってくる。

「おまえのここから、すごい音が漏れている。聞こえるか。だが、いくら発情中のオメガであっても、合意なしでするのは、非合法だ。どうしても、おまえからしてほしいとねだってくれなければ、そろそろ指を抜かなければならない頃合いだ」

瑛斗には、その言葉の真偽《しんぎ》はわからない。オメガという自覚がなかったから、そんな決まりごとについて、まともに耳に入れてこなかった。

「このままでは、おまえの言う通り、抜くしかない。だけど、不思議と身体は、言葉とは裏腹に、俺の指を引き留めてくる」

そんな言葉とともに指を増やされ、甘くうずく体内の粘膜《ねんまく》を三本の指で掻き回された。

「っうぁ、……っあっ、あ、あ……っ」

これなしでイクことはできない。そんなふうに思ってしまうぐらい、指からもたらされる快感は強烈だった。

抜かれるときには、中指の先で感じるところをことさらえぐりたてられる。だからこそ、指がそこを往復するたびに、全身が痙攣した。

「どうする？」

ささやかれ、瑛斗は男を見上げた。拒めば、本当に指を抜いてくれるのだろうか。だが、すでにイクことしか考えられなくなっていた。

強烈すぎるほどの快感に、だらだらとペニスの先から蜜が滴《したた》り落ちた。

「つぐ……ぁあ……」

そこからの切迫《せっぱく》した欲望に駆《か》られて、瑛斗は自分でペニスを擦りあげようとした。そうせずにはいられないほど、張り詰めて痛いぐらいだった。

だが、手首をつかまれ、抜き取られたネクタイで、頭上に万歳《ばんざい》する形でソファの足に固定されてしまう。

「っぁ」

「大丈夫だ。おまえの望まないことはしない。全部、してほしいと懇願されてからだ」

そんな男の声が、瑛斗をさらに追いつめる。

「オスの場所は触らない。イクなら、ここでだ。また欲しいかどうか、言ってみろ」

その声に呼応して、ジンと粘膜がうずいた。そこを刺激されたときの快感が消えない。

「欲し……い……」

言った途端、指が戻ってきた。深いところまで、長い二本の指で穿《うが》たれ、ぐちょぐちょに掻きまわされる。

「ッひ、ぁ！　あ！　あ！　あ！」

かつてないほどの勢いで、射精する。しかもその快感は、それで終わることはなかった。指によって送りこまれる強制的な快楽《かいらく》にさらされ続ける。

一瞬で終わる射精とは違って、この快楽に終わりはなかった。深くまで押しこんだ指で、感じるところをなぞりながら抜き取られるたびに、太腿《ふともも》が痙攣するほどの快感に悶える。

あえぎ声以外出せない唇を震わせると、男は言い聞かせるように言った。

「気持ちいい、だろ」

その言葉を、呆然と繰り返した。

「……きもち、……いい」

言葉にした途端、感覚がさらに変化した。

ぞくっと痺れが走って、腰のあたりに一気に快感が凝縮《ぎょうしゅく》し、爆発《ばくはつ》した。

「っぁ、……っふ、……うぁ、……ぁあああ……」

ぞくっと肌が痺れるほどの衝撃《しょうげき》とともに、絶頂に達した。射精の勢いに合わせてガクガクと腰が勝手に揺れるたびに、中にある指が奥まで突《つ》き刺《さ》さる。

渾身《こんしん》の力でその指を締めつけた。

だが、達している最中も、男は指の動きを止めてはくれない。

快感をさらに押し上げるように、体内から前立腺をえぐりたててくる。

「や、……んぁ、……あ、あ、あ、……やめ……っ」

さらに一段高い絶頂に押し上げられた。なかなか痙攣は治まらず、指が抜かれるまで射精はひどく長い間続いた。

どうにかその衝動が治まったときには、瑛斗の全身からは力が抜け、じっとりと汗《あせ》をかいていた。

ただソファに全身を預けて、息も絶え絶えに空気をむさぼることしかできない。

頭の中が真っ白で、何も考えられない。

力が入らず、投げ出された太腿が時折《ときおり》、痙攣する。

男が身体を起こし、そんな瑛斗の前髪を柔らかくかき上げて言ってきた。

「気持ちよかったか」

気持ちよければいいほど、少し正気を取り戻した瑛斗の心にはダメージとなる。

中に指を突っこまれ、ペニスへの刺激もなしで、自分がメスのように達するとは思わなかった。

自分の身体はいったい、どうなってしまったのだろうか。

手首を縛ったネクタイを外そうとしながら、鉛《なまり》のように重い身体を横転させ、ベッドから降りようとした。シャワーを浴びて、スッキリしたい。とにかく、いまだにうずく身体を落ち着かせたい。だが、その身体を男が引き留める。

「どうした？　何故《なぜ》、逃げる」

「何故って」

射精で終わるセックスしか馴染みがなかっただけに、何を言われているのかわからない。

「次が、本番だ。ここで終わりにするつもりか？」

そんな言葉とともに、瑛斗の身体は背後から抱えなおされ、元のようにソファに仰向けにされる。

男がそこに覆《おお》いかぶさり、大きく開かされた足の中心に熱いものを押しつけてきた。

それがなんだか、同じものを持っている瑛斗にわからないはずがない。

「っぁ！　やめ、……本番、なんて……っ」

それはダメだ。そんなものを突っこまれたら、自分は本当にメスにされてしまう。

焦りながら、男を見上げた。

だが、身体は押し当てられた硬いものの刺激を受けて、甘ったるく疼《うず》き始めた。ひくりとうごめく襞の動きは、まるでそれを迎え入れようとしているかのようだ。

「やめろ？　本気で言っているのか？　そうは思えない反応だが」

なぶるようにささやきながら、彼はその硬いものの先端で、瑛斗の入り口をなぞった。それだけでひどく感じた。

身体に力が入らない。先端で擦りあげられることで、入り口の粘膜が押し開かれ、その刺激が奥のほうまで伝わる。それが淫《みだ》らな想像を誘発《ゆうはつ》した。

——こんなの、……入れられたら。

指だけでも、あんなに感じたのだ。その大きなものがもたらす快感は、どんなだろう。

そんな考えが瑛斗をそそのかす。身体がそれを迎え入れようとしてひくひくとうごめき、その動きがより奥のほうのうずきを煽《あお》り立てる。

——だけど、……こんな……っ。

葛藤《かっとう》する瑛斗の耳元で、男がささやいた。

「入れて、っていってみろ」

柔らかで蠱惑的《こわくてき》な声の響きは、鼻孔《びこう》から流れこむ男の匂いとともに瑛斗の思考力を奪った。

入れてと言えば、きっと気持ちよくなれる。そんな考えに支配され、何も考えられなくなって唇が勝手に動いた。

「……入れ……て」

「喜んで」

その言葉とともに、楔型《くさびがた》の先端が入り口に突き立てられた。

濡れきっていた襞は、信じられないほど彼の形に柔軟に押し広げられて、その先端を完全にくわえこんだ。

「っぁあ！」

一番太い部分が入ってしまったら、もうそれを拒《こば》むすべはなかった。

驚きと衝撃の強さに、どこにどう力をこめていいのかわからなくなった瑛斗の体内に、さらに楔がぐぐっと入りこんでくる。

何より混乱するのは、たまらない違和感《いわかん》を上回る感覚があったことだ。それが快感だと認めてしまったら、自分の中で何かが決定的に変化してしまいそうな気がして、瑛斗は首を振った。

「んぁ、……っ、ひ、……や、……っ」

抜いてほしいと訴えようとしているのだが、あえぎ声で言葉にならない。オメガにも人権があるらしく、本人が了承しないとダメだとか言っていたからには、『抜け』と訴えれば、どうにかなるはずだ。

だが、それよりも先に、男がふと動きを止めてつぶやいた。

「もしかして、おまえ、初めてか？」

襞のきつさか、瑛斗の慣れない態度のどちらかから、そのことに気づいたらしい。

初めてオスに犯されたと知られるのは屈辱《くつじょく》だったが、わかったのなら、抜いてもらえるはずだ。

瑛斗は懸命にうなずいた。

圧迫感が激しくて、まともに声も出せないし、身じろぎもままならない。

必死になって見上げると、男がふと柔らかな笑みを浮かべた。

「そうか」

その笑顔に、目を奪われた。

ドキッとした。自分を追いつめている張本人だというのに、急に胸がいっぱいになるような奇妙な感覚がこみあげてくる。

これは何だ、と狼狽した瑛斗の身体の奥に、さらにぐい、と楔が押しこまれた。

「だったら、優しくしてやろう」

「ぁ、ぐ、……ぁあ……っ！」

より深く串刺し《くしざ》にされる感触に、瑛斗はうめくしかない。

――待て……よっ。抜いてくれる……んじゃ、……ないのか。

だが、次の瞬間、ぞくっと総毛立《そうけだ》つような快感に震えた。

先ほど指でなぶられていた感じるところが、先端で擦りあげられたからだ。

「ひ、あっ！」

「ここ、か」

男が共犯者《きょうはんしゃ》のように、視線を合わせて笑う。

そんな笑みで、彼との距離が縮《ちぢ》まったような錯覚《さっかく》が生まれた。

発情期のたまらない身体の熱に浮かされて、妙なことになっている。これは悪夢でしかないはずなのに、実際に身体が味わっているのはかつてないほどの快感だ。

彼は切っ先で感じるところを探りながら、瑛斗の胸元に指を伸ばし、そこでキリキリと尖っている乳首をそっと指先で摘まみあげた。

「っぁ！」

「おまえ、いくつだ？　オメガに発情期が来るのは、十代の終わりが多いが、おまえはかなり遅いようだ」

言葉とともに、ずっとうずいていた乳首を転がされ、その快感に合わせて、下肢の粘膜がひくつく。

「……二十八、っ……！」

吐き捨てるように言った。

自分でも、どうしてこんな年齢で発情期が来たのか、理解できない。

「まだ、……オメガって、……決まったわけ……じゃ……」

懸命にあらがおうとすると、男は笑った。

「オメガだ。オメガじゃなければ、オスがここまで濡れるはずがない。それに、……フェロモンもすごい」

「だけど、俺、……オメガの体格じゃ……ないのに」

オメガは一般的に華奢な体格の者が多いが、瑛斗は肩幅《かたはば》も身長もある。ベータオスとして、誰にも疑われることなく生きてきた。

「遅咲きのオメガか。だったら、ここで感じるのも初めてってことか」

男が腰を打ちつける。

「ぁあ！」

感じるところを、ペニスの張り出した部分で強烈にえぐられる。ぞくんと、身体の内側で快感が弾けた。

感じすぎるからやめろと訴えたいのに、そこをえぐられている最中はまともに声を出せない。

「っぐ……っ」

だが、拒もうとする心より、身体のほうが雄弁《ゆうべん》だった。

男が感じるところに擦りつけながら巧みに腰を打ちつける。その刺激に身体がどうしても反応してしまう。

それが不本意でならなかった。なのに、大きな楔を打ちこまれていると、そこから身体が溶け落ちていく。彼のペニスにすべてを支配される。

腰の動きに合わせて、乳首も指の腹であやすように刺激されると、その刺激が明らかな快感へと変化していく。

「は……はっ、……あ、……あっ」

慣れない快感をどう制御していいのかわからずにいる瑛斗を組み敷いたまま、男は慣れた様子で挿送《ちゅうそう》を繰り返した。

「気持ちいいんだろ？　俺もだ。えぐるたびに、中がきゅうきゅうとからみついてくる。中でイクことも覚えたようだし、今日はたっぷり楽しもうか」

勝手なことをほざくな、と瑛斗は頭の中で思う。だが、身体はだんだんと粘膜での快楽を覚えつつあった。

自分が男の立場で女体をむさぼるのが常だったからこそ、今の立場の違いが瑛斗には屈辱に思えてならない。だが、その立場が長かったからこそ、彼の腰使いに秘《ひそ》かに感心せずにはいられない。

――こいつ、……うまいし、……心得てる。

身勝手になりやすいセックスにおいて、男の配慮《はいりょ》が行き届いていることに驚く。自分の快感だけを優先させるのではなく、瑛斗がどこで反応するのかをつぶさに観察し、より気持ちいいところを狙《ねら》って、速度と角度を調整しながら突き入れてくる。

だからこそ、瑛斗の快感は増すばかりだ。

感じるところをえぐられ続けるのではなく、焦《じ》らすように浅く突かれた後で、うずいてたまらなくなったタイミングで刺激されると、悦《よ》すぎて腰が跳ね上がる。

「っぁ、……っあ、あ……」

どうにか理性を取り戻したいのに、男の動きはそれを許してくれない。時折、乳首をなぶられることも快感を底上げした。

この男にすべてを任せておいたら、もっともっと気持ちよくなれるとささやく声があった。今までの人生で、ここまでの快感を覚えたことはない。

ひたすらこの快感を、味わっていたい。何より絶え間なく吸いこんでいる男の匂いが、瑛斗の理性を麻痺《まひ》させる。

「っひぁあああ、……っああ、……んぁ、……っぁああ……っ」

えぐられるたびに頭の中が真っ白になり、次の快感を得ることしか考えられなくなる。

さらに男はそんな瑛斗をより快感におぼれさせようとするように、尖った乳首を執拗に指先でなぶり続けた。

ほんの小さな粒だ。なのに、その弾力《だんりょく》を愉《たの》しむようにたっぷりと親指の腹で押しつぶされ、左右の突起を親指と人差し指で器用に摘まみあげ、弄ばれる。


指をやんわりと擦りあわせながら腰を動かされると、胸と下肢の両方からの刺激に、目の前で火花が散った。

「っあ！　っぁああ！」

乳首をなぶられると、どうしても中に力が入った。それによって、体内にある楔の逞《たくま》しさを嫌というほど思い知らされることになる。

複雑にうごめいた襞に誘発されたのか、男の動きがだんだんと激しくなっていく。

それでも瑛斗への配慮は失われることはない。感じるところを狙ってえぐられるたびに、びくん、びくんと身体が痙攣するほど感じてしまう。

さらに乳首も執拗にいじられているから、瑛斗に逃げ場はなかった。

乳首をこりこりとなぶられて、涙がにじむような快感が瑛斗を翻弄する。

「っんぁ、……っぁ、……っや、……もう、……ぁ、……ダメだ」

今まで瑛斗がずっと馴染んできたのは、いわばペニスだけの絶頂感だった。だが、今は身体の芯のほうから溶け落ち、乳首が快感の塊のようになっている。

先ほど教えられた中イキの絶頂が、すぐそばに迫っていることを、瑛斗はひしひしと感じずにはいられなかった。

瑛斗がそんな状態にあることを、男もその全身の反応によって、読み取っていたらしい。

ぞくっとするほど艶《つや》っぽい声でささやかれた。

「俺も、……イきそうだ。おまえとは、……相性が良すぎる」

小さな乳首を慎重《しんちょう》に摘まみあげられ、引っ張られ、こりこりといじられながら、男の動きがさらにスピードを増していく。

息つく間もなく、感じるところを激しくえぐりたてられた。

狭い粘膜いっぱいにごつごつとした男の硬いものを頬張《ほおば》らされ、その凹凸《おうとつ》で容赦《ようしゃ》なく掻き回される。

さらに乳首を容赦なくねじりあげられ、そこから痛みにも似た快感が広がった瞬間、ついに絶頂に達した。のけぞって、がくがくと痙攣する。

「っう、ぁあああああ……っ！」

襞が男の大きなものを渾身の力で締めつけ、搾《しぼ》り取るように蠕動《ぜんどう》する。

その動きには、彼もあらがいきれなかったようだ。

「くっ」

男のうめきが聞こえた後で、身体の奥が不意に熱くなった。一瞬遅れて、中で射精されたのだと認識する。

「っあ」

――メスに……された……っ。

そう思った瞬間、鳥肌が立つような痺れが走った。嫌悪《けんお》でしかないはずなのに、受け止めたのは快感だったことに戸惑《とまど》う。

だが、そのときには瑛斗は精根尽《せいこんつ》き果《は》てていた。ただ身体を投げ出し、息を整えることしかできない。

オメガの生態《せいたい》について、義務教育で教えられたことが蘇《よみがえ》る。

――オメガはたとえオスであっても、受精できる器官が排泄孔の奥にできる。だから、オスであっても妊娠《にんしん》し、子どもを産むことも可能だ。

こんなふうに中出しされたら、自分の身体に命が宿ることがあるのだろうか。

自分が妊娠して子どもを産むなんて、想像もできない。

なおも瑛斗の体内では、男のペニスが存在感を保っていた。絶頂の余韻《よいん》に時折襞《ひだ》がひくつき、ペニスを締めつける。

そのたびに戻ってくる甘い刺激に、身体を硬直させ、息を詰めた。

早く抜いてもらいたい。この状態では、いつまでも身体が落ち着かない。そんなふうに思うのに、ずっとこのままでいたいような渇望《かつぼう》も、腰の奥に宿っている。

だが、体内にあるペニスから、無理やり意識を切り離して、目を閉じようとした。

そのとき、男が身体を起こそうとして、途中で動きを止めたのがわかった。

「なんだ、これは」

そんな言葉と同時に、乳首がきゅっと摘まみあげられる。

「っう、あ！」

不意に走った快感に、瑛斗は甲高《かんだか》い声を上げた。

「な、に」

男の手はなかなか乳首から離れない。

張り詰めたその粒を、男は指の間できゅっとねじりながら引っ張ってくる。

乳《ちち》でも搾《しぼ》りあげるような動きだ。

そう思ったとき、何かがぴゅっとそこからあふれた感覚があった。同時に目の前が真っ白になるような快感が襲う。それに息を詰めたとき、男の声がした。

「ミルクが、出てる」

「え？」

何を言っているのか、耳を疑った。

——ミルク……？

聞き間違いだろうか。

薄く目を開くと、彼が乳首を摘まみあげたまま、言ってくる。

「ほんの少量だが。乳首が濡れてるのは、わかるだろ？」

そんな指摘《してき》に驚いて、瑛斗は目の前に突きつけられた男の指を見た。

確かに濡れている。胸元に視線を落とすと、いじられすぎて、いつになく赤くふくれた乳首が見えた。

だけど、何を言っているのかわからない。

自分の乳首から、ミルクが出るなんてありえないからだ。

「オメガにはごく稀《まれ》に、乳首からミルクを出す者がいると聞いたことがある。不思議なことに、それは遅咲きのオメガのオスに多いのだと。驚いたな。まさか本当に、ミルクを出すオスに巡《めぐ》り合えるとは」

――オメガのミルクなんて、……俺は、初耳だ。

男に触られていない反対側の乳首は、ジンジンと張り詰めている。まるで中にミルクでも詰まっているみたいだ。むず痒くてたまらない。そちら側からも、搾ればミルクが出るのだろうか。

「たまらない匂いだ。吸ってもいいか?」

男の声は、求愛でもしているような甘さに満ちている。

そう尋ねられても、混乱していて返事などできない。男はそれを承諾《しょうだく》ととったのか、甘い声でささやいた。

「ありがとう。一生、大切にする」

――一生、大切に……?

何を言っているのだろうか。問い返せなかったのは、男が張り詰めた乳首の粒に吸いついたからだ、
甘噛《あまが》みされ、全身を電撃《でんげき》が貫《つらぬ》いた。

「あぁっ!」

今までの快感とは比較にならないほどの衝撃が身体を突き抜ける。

さらに乳首に軽く歯を立てられ、そのまま引っ張られ、ミルクを吸い出されるたびに、波のように押し寄せてくる快感に、じっとしていられずに腰がよじれた。

しかも彼の大きなものは、いまだに体内から抜き取られていないのだ。

感じてぎゅっと締めつけるたびに戻ってくる男のペニスの感覚に、さらに感じさせられながら、乳首を肉厚の舌で転がされ、吸われる感覚に震えあがる。

そのたびに、ありえないほどの快感が腰に響いた。

「っぁ、……んぁ、……あ、あ、……っあ……っあ」

がくがくと、腰が揺れる。

自分の乳首から出ているミルクを吸われながら、また絶頂に達しているなんてありえない。

それでも、まるで快感を制御できなかった。


あまりの絶頂に意識が飛んで、そのまま眠りこんでしまったようだ。

何やら金属音が小さく聞こえてくる中で、瑛斗はぼんやりと目を開いた。

まず見えたのは、自分が寝かされている応接室のソファとローテーブルだ。自分は重役室にいるのだと認識した瞬間、跳ね上がるように上体を起こしていた。

――これ、夢……じゃ、……ないよな？

先ほどまでの記憶がよみがえってきた。

全裸《ぜんら》のままだったが、下肢《かし》の汚《よご》れは綺麗《きれい》にされ、毛布を掛けられている。空《あ》いた椅子《いす》に、脱いだ服が皺《しわ》にならないようにかけられていた。

瑛斗は落ち着かない気分のまま、室内を見回した。

シックな壁紙に、執務用《しつむよう》らしき大きな机《つくえ》。六人ぐらいが座れる応接セットを置いてもなお、広々とした室内。

部屋の片隅《かたすみ》には簡易《かんい》なラボが備えつけられていて、その前に男が立っていた。

スーツの上着を脱ぎ、ワイシャツとスラックスといった、少しラフな格好をしている。

測定器の前で何やら操作していた男が、瑛斗の気配を察したのか、ふと振り返って言った。

「君が眠っている間に、遺伝子検査をしておいた」

「え」

その簡易ラボで、検査ができるのだろう。

男が瑛斗の向かいのソファまで移動してきて座った。

こんなふうに向き合うと、どんな顔をしていいのかわからない。この男とセックスしたと思うと、それだけで落ち着かない。

瑛斗はソファの上で、毛布を身体に巻きつけながら座りなおした。

「ずいぶんと、遅咲きのオメガだな。遅咲きのオメガに限って、ミルクが取れるという噂《うわさ》は本当だった」

男の雰囲気は、不思議なほど柔らかだった。

その顔立ちはひどく整っていたが、笑うと親しみを感じさせた。社会的地位もあって物腰も柔らかいとなれば、セックス相手には困らない境遇《きょうぐう》だろう。

――比べて俺は、……なされるがままで。

同じ男として、味わった立場の差を思い知らされる。

何せ突っこまれる側としては、初めてだった。まだ肌がくすぶっているような感覚がある。なんだか落ち着かない。自分が自分でなくなったような感覚がしていた。男としての、アイデンティティの危機だ。

それでも彼に視線を向けたのは、自分と関係を持ったのが、どんな人間なのか知りたかったからだ。

どんな態度に出たらいいのかわからないまま、強張《こわば》った顔を向けることしかできない。

「名前は？」

「ここの医薬品営業本部、第三営業部所属《しょぞく》の、菅野瑛斗です。あなたは？」

「執行《しっこう》役員の、辻岳慶一郎《つじたけけいいちろう》だ」

――執行役員！

先日配られた社内報で、タイムリーにも執行役員と取締役との違いについて解説されていたことを思い出す。

それによれば、執行委員とは具体的に部署の運営をするそうだ。取締役は運営にかかわらず、経営だけをする。そんな体制が、このツジタケ製薬では取られていると書かれていた。

つまりお飾り的な取締役とは違い、執行役員というのはそれぞれの部署の実質的なトップだ。

——しかも、辻岳？

ということは、創業者一族と関係がある人間だろうか。探るように彼を見ると、慶一郎はさらりとつけ足した。

「俺の祖父が創業者で、父が現在の取締役社長だ」

——いかにもな、サラブレッドじゃないかよ！

そう認識した瞬間、顔から血の気が引いていくのがわかった。

重役と性関係を持っただけでも今後やりにくそうなのに、しかもその相手が大物すぎる。

——でも、事故みたいなものだ。ここで完全にお別れして、今後は関わりを持たなければ、問題はない。

それをどのように言葉で表現したら失礼にあたらないかと、無い知恵を絞って考えていると、彼はにっこりと笑って乗り出してきた。

顔立ちがいいだけに、こんなふうに微笑《ほほえ》まれると、目が離せなくなる。目が覚めたときから、彼はやたらと親密そうな雰囲気を漂わせている。

ゆきずりの関係で終わらせるつもりなら、余計な誤解をさせないために、情事の後はあえて冷ややかに接するのが普通だ。なのに、これは。

「君は遅咲きのオメガであり、成熟《せいじゅく》するのに二十八年かかるということは、先祖返り種に近いんだろう。そんなオメガのミルクを、味わわせてくれたことに礼を言う」

まるで最高クラスのワインの味でも追憶《ついおく》しているような、陶酔《とうすい》した表情を彼は浮かべた。

そんな笑顔を突きつけられると、さすがに瑛斗はいたたまれなくなってきた。

男として生きて、自分は異性愛者だということに何の疑いも持たずにいた。

だから、同性と関係を持ったというだけでも受け入れられない。

しかも、そのセックスにおいて、かつてないほど感じてしまった。そのうえ、乳首からミルクも出た。

――最悪だ。

頭がぐちゃぐちゃすぎて、整理できない。膝の上でぐっとこぶしを握りしめた。

どうにか体面だけは取《と》り繕《つくろ》いたくて、平静を装いながら吐き捨てた。

「……ミルクのことは忘れてくれ」

だが、慶一郎は熱っぽい眼差《まなざ》しをそらすことはない。

「ミルクが出るオスのオメガは非常に珍《めずら》しく、大勢がミルクの出るオメガを求める。何故なら、オメガが出すミルクはアルファを魅了《みりょう》し、極上の快楽にいざなうからだ。……確かに、すごかった。これほどだとは思わなかった」

慶一郎の目は、キラキラと輝いている。とんでもない夢をかなえた後のようだ。

「は？」

――俺のミルクが、……何だって？

瑛斗はついていけない。

これは冗談なのかと思ったが、慶一郎は真剣だ。さらに、続けた。

「今後、君のミルクをまた飲めると思っただけで、興奮が抑えきれない」

「冗談だろ」

思わず、口に出していた。

慶一郎とのセックスは、とんでもなく悦かった。そのことは認める。

だけど、それは男として生きてきた瑛斗のプライドを粉砕《ふんさい》する行為でもあった。

昨日まで、ベータオスとして生きてきたのだ。いきなり遅咲きのオメガだと言われて、上手に切り替えられるわけがない。

だからこそ、その言葉にはことさら不愛想に応じた。

「悪いが、お断りさせてもらう。こんな関係を続けるつもりはない。一度きりだ」

きっぱり言って立ち上がろうとした瑛斗を、慶一郎の声が引き留めた。

「オメガのミルクの成分について、もう少し聞いていかないか。それはどんな成分でできているのか。母乳と同じように、特別な免疫物質《めんえきぶっしつ》を含んでいるのではないのか」

――免疫物質……？

その言葉に、瑛斗は過敏《かびん》に反応してしまう。

まさか慶一郎は、自分が寝ている間に家族構成まで調べていたのだろうか。

座りなおした瑛斗を見て、慶一郎はすうっと目を細めた。それは、獲物《えもの》を見定めた肉食獣《にくしょくじゅう》のようだった。

「我がツジタケ製薬が、病気に効く化合物をひたすら追求しているのは知っているだろう。それこそアマゾンの奥地まで、検査員《けんさいん》を派遣《はけん》している」

「知ってはいますが、それとミルクと何の関係が?」

ツジタケ製薬は製薬会社大手だ。瑛斗はさして偏差値の高くない大学から、かなり苦労して入社した。

あえてここを選んだのは、抗体《こうたい》医薬品で国内トップのシェアを誇《ほこ》っているからだ。免疫に関する大がかりな治験《ちけん》も行っている。

瑛斗には、そんな会社にしがみつかなければならない理由があった。

慶一郎はすぐには答えることなく、ソファで長い足を組んだ。

そんなふうにポーズをつけられると、絵になる美男なのだと思い知らされる。スラックスの裾《すそ》からのぞく茶色の革靴《かわぐつ》は、手入れが行き届いた高価な品だ。

「君が眠っている間に、ミルクを一滴《いってき》採取して、分析《ぶんせき》した。ベータのメスや、哺乳類《ほにゅうるい》の母乳の主な成分は、炭水化物とタンパク質、脂肪分《しぼうぶん》などの基本的な栄養素がほとんどだ。だが、他にも大切な免疫物質が含《ふく》まれているのは、知っているだろう」

瑛斗はその質問に、あいまいにうなずいた。

瑛斗は経済学部出身だ。医学について、専門的な知識はない。それでも社内研修やこれまでの経験から、営業として商品の知識をそれなりにつけてきた。

ツジタケ製薬は粉《こな》ミルクも扱っている。それは母乳に似た特別な免疫物質を含んでいるということが、売りだった。

「母乳は、赤ちゃんにとって、天然のワクチン……」

「そうだ。母体で守られてきた赤ちゃんは、生まれることで外界の危険な感染症《かんせんしょう》や疾患《しっかん》にさらされる。そこから赤ちゃんを守るために、母乳には、たくさんの抗体が含まれている。それを飲みながら、赤ちゃんは免疫を身につけていくんだ。君のミルクの分析結果を見たときに、オメガのミルクには、特別な抗体が含まれているという論文を読んだことを思い出した」

「特別な抗体？」

そんなのは、初耳だった。

「そもそもミルクというのは、抗体の塊だ。その希少性《きしょうせい》ゆえに、オメガのミルクはあまり研究が進んでいなかった。だが、可能性を感じる。サンプルが手に入ったのだから、研究してみたい。俺にそのサンプルを、定期的に提供してくれないか」

その言葉に、瑛斗はぶるっと震えた。

素直にうなずけなかったのは、慶一郎が熱に浮かされたようにミルクを吸ったのを覚えているからだ。

オメガのミルクはアルファを魅了するという、先ほどの言葉を思い出す。

「お断りだ」

もしかしたらオメガのミルクが、本当に特殊な抗体を含んでいる可能性もある。

だが、新薬開発は砂漠で小さなダイヤを探すようなものだ。膨大《ぼうだい》な数の新薬候補となる化合物が研究されているものの、その過程でほとんどがふるい落とされていく。最終的に残るのは、三万分の一でしかない。

——だからミルクに含まれている特殊な抗体が薬になる可能性なんて、ないに等しい……。

口車に乗せられるわけにはいかない。

立ち上がって服に手を伸ばそうとすると、慶一郎の声が響いた。

「君のお兄さんは、生まれたときから免疫が正常に働かない病気のようだな」

その言葉に、どうしても反応してしまう。

目が合った途端、慶一郎は笑みを濃くした。

やはり、瑛斗のプロフィールを調べてあったのだ。その執務机の上にあるパソコンを使えば、社員である瑛斗の情報など、いくらでも閲覧《えつらん》できる。

瑛斗が製薬会社に就職したのは、大学のときに治験のバイトの情報をたまたま目にしたのがきっかけだった。

瑛斗は応募して、社員から治験についていろいろ教えてもらった。

病院ではお手上げだとされた症状《しょうじょう》でも、それを治すために病院や研究機関で、先進的な治験が行われることがある。

瑛斗には、幼少期からずっと病院に入ったままの兄がいた。

兄は免疫不全《めんえきふぜん》の病気で、ガラスの水槽《すいそう》のような無菌室《むきんしつ》から出たことがない。いつか病気を治して、外を自由に歩くのが兄の夢だった。

ツジタケ製薬が免疫不全の薬品開発に力を入れ、治験を進めていると聞いたこともあって、瑛斗は入社を決めたのだ。

あくまでも治験の機会は平等に与えられ、いくら社員の身内であっても、特別な優遇措置《ゆうぐうそち》はない。

そのことは理解していたものの、社員になっておいたほうが治験の情報が入手しやすいはずだ。そんなふうに考えた。

慶一郎は瑛斗を見据《みす》えながら、柔らかく笑った。

「君からお兄さんの治験について、特別な依頼メールが、担当部署のドクターに出されているようだな。こんなものを出すのは、違反《いはん》だよ」

やんわりと注意されて、瑛斗は全身が岩になった気がした。

もちろん、そんなものを、仕事用のメールで出すわけはない。セキュリティがそれなりにしっかりとしたルートで送ったものだ。

だが、慶一郎はそんなセキュリティなどものともせず、短時間でプライベートな情報まで手に入れた。

すでに自分の違反行為まで知られてしまったとあらば、開き直るしかなかった。

「俺のミルクが、……兄の病気の役に立つ可能性があると、本気で考えてるんですか？」

「まだわからない。有力な新薬候補の一つといった段階だな。オメガのミルクに含まれている特別な抗体が、どんな病気にどのように役に立つのか、詳しく試してみたい。君の兄さんの病気に有効でなかったとしても、他の大勢の患者《かんじゃ》を救うかもしれない」

「兄の病気に効くという、そんな保証はどこにもないですよね？」

「特別な見返りが必要か？」

心を読まれて、瑛斗はうなずく。

自分のミルクが、そこまで貴重なものだとしたら、取り引き材料となる。

執行役員相手に言質《げんち》を取っておきたい。

「だったら、執行役員の特権として、その薬の有効性が確認されたら、君のお兄さんへの治験を優先的に取ると約束しよう」

「優遇措置は違反では」

先ほど、慶一郎にやんわりと指摘されたばかりだ。だが彼は、こともなげに笑った。

「誰にも知られなければいいだけだ。さきほど君が、ドクターに哀願《あいがん》していた治験の件、まだ君はデータすら入手できていないようだから、詳しい資料を渡そう。だが、ざっと見たところ、君のお兄さんの症状は、その治験には当てはまらないようだ。症状が違う」

「そう、……ですか」

全身にこもっていた力が、少し抜けた。

瑛斗は一介《いっかい》の営業職だ。部署が違うから、治験の情報を入手するのは困難だ。何かと愛想《あいそ》を振りまいて、他の部署に知り合いを増やしている最中だ。

こんな取引に心を動かされることなく、すっぱり断って、慶一郎との関係を断ち切ったほうがいい。

感情も理性も、そう告げてくる。

兄の病気にかこつけて、この男に付けこまれるだけだ。

慶一郎の目当ては、オメガのミルクだ。そのサンプルを採取するために、この後もこの男に抱かれるなんてごめんだ。

自分がオメガだということすら、受け入れられない。

――だけど。

すがりたい思いもある。兄に一度だけでいいから、外を自由に歩かせてあげたい。

兄がどれだけ外に憧《あこが》れているのか、窓の外に向けるまなざしを見ればわかった。兄の見舞いに行くたびに、その願いを果たせない自分の不甲斐《ふがい》なさに、胸が苦しくなる。

――どうする……？

すでに受け入れるしかないと、頭では理解していた。たとえわずかであっても、希望にすがりたい。

だが、あまりにも過剰《かじょう》な快感の記憶が色濃く残っていた。

――それに、慶一郎のこの目。

まっすぐに向けられるまなざしは、研究意欲によるものなのか、嗜好品《しこうひん》に対する興味なのか、その区別がつかない。

彼は口元に笑みを浮かべ、ずっと瑛斗の動きを追いかけてくる。

こんな目で同性に見られたことはなかった。

ぞくぞくとして、全身に力がこもる。それでも声を押し出した。

「わかった」

了承の言葉を聞いた途端、慶一郎が表情を緩《ゆる》めて嬉しそうにうなずいた。

その表情にハッとする。こんなキラキラとした目を、少し前にも見た気がする。

慶一郎はそのまま執務机のパソコンに向かい、何かをプリントアウトして戻ってくる。

目の前のローテーブルに置かれたものをのぞきこむと、それは休暇届だった。

「これって？」

「我が社では、発情期のオメガは無条件で、一週間まで有給休暇《ゆうきゅうきゅうか》を取ることができる。企業にはその義務が課せられている。ただし個人差もあるから、医師の診断書《しんだんしょ》があれば、有給休暇をさらに必要な期間、追加で取得することも可能だ」

「それは、……わかりますけど」

オメガ休暇は有名だ。

たいていの者は発情期抑制剤があれば、いつもと変わらずに過ごすことができる。だが、薬が合わなかったり、副作用があるときのために、そのように定められている。

だとしても、自分があえて休む必要があるだろうか。

抑制剤が効くなら、それでいい話だ。

だが、慶一郎は休暇届に手を添えて、ずいと押し出した。

「発情期は、半年に一度。この機会を逃したら、次に君からミルクを採取できるのは、半年先になってしまう。今回は発情期を抑えることなく、ミルクの採取をさせてくれ。それができなかったら、その分、研究が遅れることにつながる」

「抑制剤を服用したら、ミルクの採取はできないんですか」

「できない」

何のためらいもなく断定されて、拒むこともできなくなる。だが、まだ発情期がどんなものかもわからないから、怖さもあった。

慶一郎は微笑みとともに、柔らかく言葉を重ねた。

「発情期の期間は、俺の部屋で過ごすといい。面倒を見る。食事も、身の回りの世話も。だから、安心して身を任せろ」

ろくに知らない他人にそう言われたところで、安心などできるはずがない。

だが、身体の奥底からせりあがってくる発情期の欲望に、瑛斗は気がついていた。

――仕方がない。

小さく息をつき、瑛斗は置かれた休暇届にサインを入れる。

一緒に自分がオメガだという証明書も提出しなければならないようだが、それは医師でもある慶一郎が作成してくれるそうだ。
そのまま慶一郎のマンションに向かうこととなる。
途中で瑛斗のアパートに寄って、必要なものはピックアップできた。

〔二〕

一般的な庶民《しょみん》の家に育ち、兄の病気の関係もあって、家族旅行をしたことがない。

瑛斗がラブホテル以外のホテルを利用したのは、修学旅行や友人との卒業旅行など、数えるほどだった。

ずっと瑛斗が馴染んできたのは、兄の看病《かんびょう》のために母が出かけた後の、ガランとした家だ。

一人ぼっちで過ごすことが多かったから、寂《さみ》しさを感じなかったといえば嘘《うそ》になる。

それでも兄をうらやむのはダメだと、自分に言い聞かせていた。

外に出ることができない兄よりも、自由に外を走り回れる自分のほうが、ずっと恵まれているからだ。

だから、絶対に両親の関心を独《ひと》り占《じ》めする兄をずるいと思ってはいけなかったし、何より両親に必要以上に手間をかけさせまいと生きてきた。

——両親は一度も、俺の授業参観や運動会に来てくれなかったな……。小学校の入学式のときだけ、父さんが来てくれたけど。

中学のときにサッカー部に入部し、それに熱中していたときだけは寂しさがまぎれていたような気がする。

だが、高校のときに一度だけ地区大会を勝ち抜き、県のサッカー大会に出られたときにも、両親は来てくれなかった。

来ると約束してくれたものの、兄が熱発して急遽《きゅうきょ》、その朝に駆けつけることになったのだ。当時、兄はいつ死ぬかわからない危険な状態だった。

全国規模のスーパーマーケットの地域マネージャーをしていた父も忙《いそが》しく、何かと急な連絡が入るために、家庭を顧《かえり》みる余裕はなかったようだ。

――だから、高校のころからやたらと女性と付き合ったよな。社会人になったら、早く家庭を持つんだって決めてた。

だけど、どの女性とも不思議と長続きすることはなかった。

自分の何が悪いのか、瑛斗にはずっとわからない。気づけば別れを切り出される。その兆候《ちょうこう》にすら気づくことはない。

長くて半年ほどしか、続かなかったはずだ。もはや女性との付き合いに疲《つか》れて、ゆきずりに近い関係ばかり結ぶようになった。

それでも、誰かと付き合うのをやめられないのは病気だ。

そんなことを、夢うつつにぼんやりと思う。

久しぶりに昔のことを思い出したのは、昼間にカーテンが作る室内の影《かげ》のせいかもしれない。

幼いころも、カーテンの影ばかりよく眺《なが》めていた。

あれから、瑛斗は土日を挟んで月曜日から一週間、オメガとしての特別休暇を取った。

慶一郎の部屋で過ごすための荷物を準備したが、そのバッグはほとんど開いていない。

ミルクを採取できる機会は、半年に一度。

その条件を最大限に生かすべく、瑛斗は発情したまま過ごすことになったからだ。

部屋に到着するなり、発情期抑制剤を服用していない身体は限界で、すぐに抱かれることになった。

ミルクが出るのは、射精と同時だ。イクのと同時に、ほんの少量、乳首から数ミリリットルが分泌《ぶんぴつ》される。

それを採取するために、発情期の熱に任せる形になった。

「……っぁ、……はぁ、……は、は……は……っ」

この家に来てから、ずっとベッドにいる。

慶一郎の寝室にあるベッドは、男二人でからみあっても、全く問題がないぐらいに広かった。

ミルク採取のさまたげにならないためにと、セックスのときはいつも手を柔らかなタオル地の紐《ひも》で頭上にくくられ、胸元をかばうことができないようにされていた。

達するのと同時に、乳首のどちらかに試験管《しけんかん》状の吸引機《きゅういんき》をかぶせられる。

達したばかりの敏感な乳首を、空気圧を利用して限界まで吸い上げられ、ミルクを搾り取られる。

そのとき、乳首を嫌というほど吸引されるのが、瑛斗は苦手だった。

だけど、だんだんとそうされることすら快感になっている気がする。

「……あっ！」

今もそうだ。乳首に試験管をかぶせられ、その中の空気を排出された負圧によって、ミルクを搾り取られている。乳輪の周囲の皮膚《ひふ》ごと吸引されて、特に乳首が充血していた。

なのに、たまらなく感じる。

身体の中には、慶一郎の大きなものが入ったままだ。

乳首をその無機物で吸われながら、反対側は慶一郎によって、直接舐《な》めとられていた。

「っぁ、……んぁ、……なんで……っ」

ミルクの量は、可能な限りたくさん採取したいと言われていた。だから、発情するがままに、慶一郎とのセックスに応じているというのに、半分がこうして慶一郎に舐められてしまうのは理《り》不尽《ふじん》な気がする。

抗議するように目を開くと、小さな乳首を丹念《たんねん》に舐めしゃぶり、一滴《いってき》残らず吸い終えた後で、慶一郎が視線を合わせて言ってきた。

「吸引機は一台しか調達できていないからな。急いでもう一台、作らせているが、完成までしばらくかかる。それまで、こちらのミルクを無駄《むだ》にしてはならない」

「だったら、……手動で……取るとか、……できないの、……かよ」

抗議したのは、あまりにも毎回、慶一郎がおいしそうにミルクを口にするからだ。だから、それを飲むのがこの目的ではないのかという疑いがどうしても湧き上がる。

「手動でできなくもないが、……いろいろ試してみたい。味とか成分が、オメガ自身の快感によ

って、どう変化するのかも」

「変化？」

「そんな論文もある。事実、イクのに合わせて、直接口でミルクをすったほうが、……その後の味がよくなっていく実感もある。快楽が増せば増すほど、味が変わるようだ。イクときに、吸われるのが好きだろう？」

そこまで知られていることに、ギクリとするしかない。試験管などで吸われるよりも、口で吸われたほうが気持ちいいに決まっている。

「味じゃなくて、成分とかは」

「分析している最中だ。そう結論を急ぐな」

なだめるように言われると、自分のほうが変なことを言っている気がしてくるのが悔しいところだ。

採取する前にはミルクに余計な物質が混じらないようにと、乳首を丹念に綿棒《めんぼう》で消毒《しょうどく》される。その後で、イクまで触れることなく放置される。

すでに乳首を刺激されなくては、物足りない身体になっていた。絶頂のときには、乳首を強めに刺激されないと、射精のトリガーが引けない。だから、両方の乳首をおさわり厳禁《げんきん》の採取器官にされるのはつらい。

片方だけでも慶一郎に刺激されていないと、つらいのだ。

「そんなの、……おまえの……せいだ……」

その言葉を、慶一郎はふふっと笑いながら受け止める。その表情が愛しい恋人のわがままを聞いているときのように柔らかだったので、瑛斗は戸惑う一方だ。

瑛斗の射精の衝動が治まるのを待って、慶一郎は試験管に手を伸ばした。

瑛斗のミルクはほんの少量しか出ないから、それを残さず吸い出すために吸引力が強い。

乳首から離れなくなっている試験管の、開口とは反対側にあるシリンダーを引かれて、さらに乳首をチリチリするまで引っ張られ、搾乳《さくにゅう》される。

「ひぁっ！」

一滴も残さず搾り出された後で、そこに空気を送りこまれ、慎重に試験管を外される。その一連の作業が済んだだけで、ホッとして全身から力が抜けていくのがわかった。

慶一郎が試験管に蓋《ふた》をして、ベッドの脇《わき》にセットした採取ボックスにそれを入れる。

そして、吸引状態から解放されたばかりで、また充血して尖《とが》っている乳首に唇を落とした。

もうミルクは残っていないはずなのに、敏感になったそこに舌を這《は》わせ、柔らかく舐めていく。

「っぁ……、んぁ……」

舌の動きに瑛斗はゾクゾクした。

少しジンとした痛みが残っていただけに、その舌の動きに癒《いや》される。

「っ、あっ」

どうしても声が漏れた。乳首をつつかれるのに合わせて、入れっぱなしにされた慶一郎のものを締めつけてしまう。

だけど、あまり反応しすぎないように、注意しなければならなかった。

そうしてしまっては慶一郎を刺激して、立て続けにイかされることになりかねない。

ここまでセックス漬《づ》けの日々を送るなんて、一番やりたかった盛りにもなかったことだ。初めての発情期の熱は凄《すさ》まじく、一日中頭の中がぼうっとするし、腰がむずむずする。

どれだけ射精しても熱が体内にこもり、もっと精液を欲しがって下肢の粘膜がひくつく。ずっと淫《みだ》らなことを続けたくなる。

いくらオメガであってもオスなのだから、もっと感覚が男性器寄りに集中していてもよさそうなものだ。なのに、慶一郎が乳首と下肢の粘膜ばかり刺激するせいもあるのか、湧きあがる熱はその場所ばかりに集中している。

襞がむず痒くなってきて、無意識に刺激を欲しがって腰を揺らすと、感覚をこちらに戻せとでも言いたげに、慶一郎の指が乳首を軽く弾《はじ》いた。

「っぁ！」

途端に、そこからも甘ったるい快感が走った。腰を跳ね上がらせた拍子《ひょうし》に、中の楔の張り出した部分が、瑛斗のうずく粘膜を強烈にえぐりたてた。

「っうぁあ……っ！　ン……！」

うめくような声が漏れた。

「続けるか？　このまま」

柔らかな声が、耳元に吹きこまれる。

発情期の熱が瑛斗の理性を奪う。本来ならば一度達したらくたくたになるはずなのに、もっともっと慶一郎をむさぼりたくて、その欲望ばかりが膨《ふく》れ上がる。うなずくと、ご褒美《ほうび》のように乳首を丹念に舐められた。

どうやら慶一郎は、この小さな突起がとても好きなようだ。やたらといじってくるし、舐められる。それとも、ここまでいじられるのは、瑛斗が何かと反応してしまうからだろうか。

「……ん……っ」

吐息がかかっただけでも感じてしまうほど、乳首の感度が上がっていた。

チロチロと舌先で小さな乳首の粒を転がされるのが心地よくて、それに合わせて腰が揺れた。

時間の流れがわからない。ひたすら、抱かれているような感覚があった。

すでに寝室の外が明るいのは、遮光《しゃこう》カーテンの隙間《すきま》から漏れる光でわかった。

――今日は何日目だっけ。……休暇はあと、どれだけ残ってる……？

すでに今日の日付すら、今の瑛斗にはあやふやになっていた。

慶一郎とセックスして、欲望が満たされれば深い眠りに落ち、起きたときにはまた欲情して、抱かれている。

そんなただれた日々が続いていたが、今の瑛斗にとってはそれが自然だった。こんなんでいいのか、とたまに考えることもあったが、それでもすぐに欲望に流される。慶一郎の腕におぼれてしまう。

こんなふうに、誰かに自分の身体を完全に託《たく》すなんてことはなかった。だけど、ぼんやりと遠く思い出したことがある。幼いころに熱を出して、親がついていてくれたときのことだ。

いつもは兄にかかりきりの母が、そのときだけは瑛斗の面倒をつきっきりで見てくれた。熱で浮かされたときに、額《ひたい》に伸ばされた、ひんやりとしたてのひら。そのときだけ食べられる、特別なおかゆ。かすかに、カニの味がした。

兄から母を引き離しているという罪悪感《ざいあくかん》がちくちく胸を突き刺すのを感じながらも、かまってもらえるのが嬉しくて、眠りに落ちた。

——なんで、……そんなことを思い出すんだろ。

自分でも、すっかり忘れていたことだ。だけど、夢うつつの状態のときに身体に触れられ、いろいろと世話されていることが、その遠い記憶を呼び覚ますのかもしれない。

身体に触れられる気持ちよさに目を開くと、いつでも慶一郎の姿が見えた。身体をぬぐわれたり、服を着替えさせられたり、シーツを変えたりしてくるときに触れてくる彼の手の動きは丁寧で、すべてを託しても大丈夫だとだんだんとわかってきた。

甲斐甲斐《かいがい》しく、食事の面倒も見てくれる。オメガは発情期のときには食欲もなく、水以外はあまり口にしない。そうすると、一週間で何キロも体重が落ちる者もいるそうだ。

それを避《さ》けるために、専用の栄養剤《えいようざい》が市販されていた。目が覚めたときにはいろいろなゼリー状の飲料を飲ませてくれて、それらのどれが特に好きなのかも吟味《ぎんみ》されているらしい。だんだんと好きなものばかりになった。

——俺、赤ちゃんみたいだな……。

だけど、この境遇《きょうぐう》は悪くなかった。ぬくぬくとしたゆりかごの中で、ずっと守られている感覚がある。

いつでも目を覚ますと慶一郎の姿があったが、彼は瑛斗がぐっすりと眠っている合間に仕事もしているらしい。たまに電話をしている声が遠く聞こえてくる。

なかなか発情期は終わらず、目が覚めると、身体がムズムズし始める。やってきた慶一郎に、いつもの行為をせがんでいた。

「……ん、……ぁ、……あ……っ」

すでに、乳首への愛撫なしではいられない。

尖った粒をぬるぬると舌先で転がされるのがたまらず、その気持ちよさをひたすら享受《きょうじゅ》する。

慶一郎が施《ほどこ》す刺激は執拗《しつよう》で、いつでも耐えらなくなるほど焦らされる。今もそうだった。

乳首を舐められる快感に、中がどんどん濡れてくる。じゅくじゅくうずいて、その欲望に身体が灼《や》かれる。

自然と足が開いて、慶一郎の腰を挟みこむのだが、そこに指や慶一郎のものを入れてもらうためには、言葉が必要だということも瑛斗は教えこまれた。

いくら発情期のオメガであっても、本人の同意がない限りは、性行為をしてはならない。

そんな社会的規範《きはん》が定められている。恋人同士であっても、合意のないセックスはレイプになりうる。

それもあって、あえて口に出して伝えなければならないのだが、それが瑛斗にはいたたまれない。自分がこんなふうに男に犯されるのを望んでいるのだと、隠しようがなくなるからだ。

――だけど、……欲し……い……っ。

日ごとに、快感を教えこまれる。慶一郎の硬くて熱いものを下肢にくわえこんだら、どれだけ気持ちがいいのかということも。

ぬるぬると乳首を舐められ続けているだけでも、かすれた声で哀願するところまで追いこまれた。

「して……、ここ……」

足をからめ、言葉ではなく、身体でそう伝える。だが、ここぞとばかりに慶一郎は人の悪い笑みを浮かべた。

「どこだ?」

聞き返しながらも、慶一郎の腰はしっかりと足の間に入りこんでくる。

足を広げられ、その先端で濡れた入り口をなぞられると、欲しいという渇望を抑えきることはできない。

だからこそ、視線をそらせて、そっけなく言った。

「そこ……」

「だから、どこだ？」

余裕たっぷりに聞き返されて、イラっとした。

「だから、俺の……っ、おまえが、……好きなとこ……！」

具体的に言うまで、さらにしつこく追及されるかとも思いきや、その言葉で正解だったようだ。押し当てられていた慶一郎の熱いものが、いきなりぐぐっと身体を割り開いてきた。

「っう、……っぁああ」

その強烈な衝撃を、できるだけ息を吐いて受け止めるしかない。

身体の内側をその鋭い切《き》っ先《さき》で貫かれていくのが、鳥肌が立つほど気持ちいいなんて、少し前の自分では考えられないことだった。

奥までぎっちりとはまりこんでから、楔型の切っ先が粘膜をえぐりながら抜けていく。うずく襞はその一度の刺激だけでは足らず、もっともっと刺激を欲している。

「っあ、……あ、……んぁ、あ……」

切っ先が、カーブを描く狭道をまた強引に押し広げてくる。

そんなふうに繰り返されると、腹が痙攣するほど感じる。大きく足を割り広げられ、少し腰を浮かし気味《ぎみ》にされていた。その体位だと、一気に串刺しにされる甘い刺激が全身に響く。乳首がより尖っていくのがわかった。

だんだんとリズミカルに突き上げながら、慶一郎は瑛斗の胸元にも唇を落とす。

その唇に尖りをなぶられるたびにビクビクと反応しながら、瑛斗は中をえぐられる律動《りつどう》にひたすら揺さぶられるしかない。

「つぁ、……ぁ……、んぁ……っ」

絶え間なく突き上げられ、唇は開きっぱなしだ。

普段、黙《だま》っていると、少し怖いといわれる瑛斗の顔立ちだが、こんな日々が続いているから、髭《ひげ》を剃《そ》った記憶はなかったが、縛《しば》られて上に上げさせられた腕の内側に頬が触れても、ざらりとする感触はない。発情期の間は、伸びないのかもしれない。汗ばんだ肌が、慶一郎の手にしっとりと吸いつくのがわかる。

だらしなくとろけきっていることだろう。

そんな身体の変化に、戸惑っていた。

「っ、んぁ、……っは、……は……っ」

突き上げが奥まで届くたびに、ぞくっと身の内が震える。

気持ちよすぎて、中にある楔をぎゅうっと絞《しぼ》りあげた。その襞に逆らって抜き取られるときの感触が、息を呑むほどに気持ちがいい。

その違和感《いわかん》に、乳首をちゅくちゅくと吸われる切ない快感が混じるのだからたまらない。

「はぁ、……ぁ、……ぁ、あ、あ、あ」

慶一郎に、感じるところをすべて把握《はあく》されている。

あえぐことしかできなくなったころに、前立腺に狙いを定められた。

「ひ、……ぁああ!」

そこをカリの先で集中的にえぐられ、腹に突きそうなほど硬くなった瑛斗のペニスの先から、じわじわと蜜があふれ出した。

えぐられている最中は、じわりと全身に電流が流されるような体感がある。強制的に絶頂まで押し上げられそうな感覚に、息を詰めてそのときを待つしかない。

「っひぁああ、……んぁ、……あ、……ぁ、また、イク、イき……た…い……っ」

あえぐ合間に、訴えた。より感じるところに切っ先を押し当てたくて、膝が立ち、踵《かかと》がベッドについた。

こんなにもセックスばかりして、粘膜も無事でいられるはずもないのに、ひたすら気持ちいいだけで痛みがないのは、それだけたっぷり濡れているからだろうか。それとも、アルファの精液が何らかの作用をしているのか。

——出されるたびに、……なんか、……中が、……すごく……。

体内で射精されたときのことを思い出しただけで、ぞくっと襞にまた痺れが走った。

「あっ、んぁ、……あ……っ」

瑛斗の膝が抱えあげられ、ますます大きく広げさせられて、奥に立て続けに突きこまれる。容赦なく前立腺を擦りたてられ、押し上げられるまま射精した。

だが、そのまま慶一郎の大きなものは抜かれることなく、さらにより深い部分まで刺し貫いてきた。連続してされないと開くことがない、最奥の部分だ。

イったばかりの敏感な粘膜に、そこまでたっぷり頬張らされているのに、力が抜けていて拒むことができない。

信じられないほど奥まで、慶一郎のものが届いていた。

圧迫感がすごく、どうにか逃れようと身体をねじってみたのだが、あまりに深い部分まで入れられていて、不可能だった。

ゆっくりと慶一郎が再び動きだす。いつもは届かない腹の一番奥まで貫かれるたびに、襲いかかる快感に意識が真っ白になった。

唾液《だえき》すら口の中にとどめることができず、とろとろと顎《あご》を伝う。

「っぁあああ、……あ、……イク、……っぁ、も、また、……んぁあああ……っ」

ミルクを採取するから、イクときは絶対に伝えろと厳命されていた。

――こんなにも、立て続けにイかされるなんて……。

またさきほどのミルクの採取もできていないのに、粒が硬く張り詰めている。なのに、深すぎる突き上げを受け止めさせられて、イってしまいそうだった。

乳首は乳腺《にゅうせん》に分泌されたミルクの内圧で、パンパンに張り詰めている。

そこに軽く歯を立てられただけで、たやすく噴《ふ》き出すことだろう。

だが、必ず片方だけは、実験のためにミルクを採取することになっている。こんな深くまで貫きながらすることはないのに、慶一郎は動きを止め、消毒薬をつけた綿棒の先で、左の乳首を丁寧になぞってくる。乳頭のみならず、その周囲の色づいたところまで丹念に消毒される快感に、肌が粟立つ。

綿棒は家庭用のものではなく、ぼんぼんのように先端が膨《ふく》らんだ医療用のものだ。

「っぁ、……っはや、く……」

その作業を急がしたのは、深くまで貫かれていて、身体がまるで落ち着かないからだ。こんなふうにされているのは、達した直後でないと、瑛斗の身体がここまでくわえこめないからだろうか。

今の状態で乳首をいじられ、焦らされるのがたまらない。

消毒薬を綿棒で塗りつけられる動きに、じわりと乳首から快感が広がった。指や唇でいじられるのとは違う、柔らかくてどこか違和感がある落ち着かない刺激だ。それで乳頭や乳輪を丹念になぞられた後で、乳腺の内側まで消毒しようというように真ん中に突き立てられると、ツキンとするような刺激に下肢まで痺れた。

「っふ」

ガクガクと腰が勝手に突き出されて揺れる。

貫かれたままだから、瑛斗の反応のすべてが慶一郎に筒抜《つつぬ》けだ。

丹念に乳首を消毒された後で、慎重な手つきで試験管をかぶせられた。その直後に自動のシリンダーで空気を抜かれて搾乳《さくにゅう》される。

「ぅあっ！」

乳首をきゅっと、見えない指先でひどくつねられるような刺激と快感が襲いかかる。どうしてもビクビクと身体を震わせずにはいられない。

「くっ」

薄く目を開くと、試験管の中にミルクが吸い出されたのが見えた。さらに軽くシリンダーが自動で動き、乳腺の中にミルクが残っていないか慶一郎に確認された後で、試験管が外される。

試験管で吸われた後の乳首は硬く突き出していて、刺激に敏感になっている。慶一郎の唇がそこに落ちてくれるのを、ひたすら脳裏に思い描きながら待ちわびるしかない。

反対側の乳首も張り詰めてジンジンするから、早くそちら側にも唇を寄せて、搾り出してもらいたい。そんなふうに願っていたのだが、唇の代わりに触れたのは、さきほどと同じ綿棒の先だった。

今まではどちらかは試験管でサンプルを採られたが、もう片方は必ず慶一郎に唇で吸われていた。それだけに、どうして舐めてくれないのかと、恨《うら》めしそうに見上げてしまう。

なのに、慶一郎は綿棒の先で瑛斗の乳首をぐりっとなぞりあげた。

「ぁあ、……ん……それ、……ちが、う……」

「何だ？」

尋ねられて、瑛斗は乳首を綿棒で転がされる快感に震えながらも、どうにか声を押し出した。

「だって、……いつもは、……試験管は、片方だけ……」

「以前、どうして片方は吸うのかと責められたからな。採取したサンプルを分析したら、なかなか興味深かった。もっと、サンプルを集めたい」

今まではサンプル用の吸引機が一台しかないからと、片方だけからしか採取されていなかった。

さらに味や成分がどうのと、理由をつけられた記憶がある。だが、こうして時間差をつければ、両方から採取は可能だったのだ。

だが直接、唇で搾乳されることを覚えてしまった身体にとって、それでは我慢できなかった。綿棒の先で消毒される刺激に耐えながら、唇で吸われる快感を手放せずにせがんでいた。

「だけど、……っ、直接、……吸って、くれないと」

軽く歯で甘噛みされ、引っ張られながら吸われるときの、ぞくっと身体の内側が震える快感なしでは耐《た》えられない。そのときに生暖かい舌が触れて、切ないような感覚があるのを思い出す。それは、試験管では味わえないものだ。

それでも、断られるかと思っていたが、次の瞬間には慶一郎の唇が吸いついてきた。

「ん！　ぁあぁ……っ！」

そのことに驚いた。思い描いていたように軽く歯の間で乳首の硬い粒を挟みこまれ、引っ張られながら中にあるミルクを吸い出されると、気持ちよすぎて何もかもがどうでもよくなるような気さえしてくる。

「っふ」

息を吐くと、歯で突起を挟まれたまま、口の中に広がったミルクの甘露《かんろ》を味わうように舌を動かされる。さらに突起を引っ張られ、中に一滴も残らないほど舌先で転がされながら何度も吸われると、感じすぎて腰がびくびくと跳ね上がった。

「ご馳走様《ちそうさま》」

ようやく乳首から口が離され、この世ならぬ甘露を味わったかのように、慶一郎が深く息を吐き出した。軽く前髪を撫でられながら、顔をのぞきこまれる。

「両方から採取されるのは、嫌なのか?」

その質問には答えにくかったが、瑛斗は小さくうなずいた。

理由を聞かれても説明なんてできるか、と思っていたが、それ以上は尋ねられなかった。それが不思議でちらっと見上げたら、慶一郎はどこか満足そうに口元をほころばせた。慶一郎にとっても、ミルクを吸うのを許可されるのは、悪くないことだったのだろう。

「あ、……だけど、……もっとサンプルが必要っていうのなら」

ミルクを兄の治療に役立てたい。そのためには、両方の乳首からより多くのミルクを採取したほうがいいのは理解できる。

そんな思いで訴えたのに、慶一郎は愛しげな目で瑛斗を見つめながら否定した。

「いや。可能ならばもっとサンプルがあったほうがいいが、……こちらで、善処《ぜんしょ》する」

「だけど」

「吸わせてもらえるのならば、そのほうがいい」

さらに乳首に唇《かし》を落としてちゅくちゅくと吸われ、びくんっと跳ね上がった身体がまた暴走し始めた。乳首と下肢の感覚は不思議なほど連動していて、乳首をいじられると中がうずいて仕方ない。

「それに、……一度の量が足りない分は、回数でカバーしよう」

そんな言葉とともに、うつ伏せにひっくり返された。頭上で縛られた腕がねじれたので、手首を拘束《こうそく》している紐の固定だけを外される。手首は縛られたままの状態で、背後から腰をつかまれ、膝立ちの格好のまま入れ直される。

「う、あ！」

「続けていいか」

尋ねる声に、うなずいた。

ミルクの採取で中断された、奥深くへの挿入を再開される。やたらとうずいているそこを、慶一郎の切っ先でえぐってほしくてたまらない。

――俺の、……赤ちゃんができる部分……。

自分の身体の中に新しい器官ができたことを実感することができるのは、セックスのときだけだ。深い位置にあるそこを切っ先でつつかれると、腰が砕《くだ》けそうなほど感じる。

「っ、ぁあ！」

ごりっと、硬い先端が深い位置にあるそこをえぐる。少し苦しいような、つらいような感触があった。それを和《やわ》らげたくて、息を吐く。できるだけ身体から力を抜いておかないと、慶一郎の大きさにはかなわない。

さらに膝の位置も微調整して、より楽に受け入れられるように這《は》う格好を整えた。

そんな瑛斗の腰を背後からしっかりと抱えこみ、慶一郎が本格的な抜き差しを始めた。

「んんっ、……っんぁ、あ、あ……っ」

入れられるたびに、狭い部分を強制的に押し広げられる苦しさがある。なのに、病みつきになるほどの快感が、慶一郎のものでえぐりたてられているところから湧きあがる。

大きなものを抜き差しされるだけでも気持ちがよかったが、それ以上に悦いのは、やはり深い部分の新しい器官を突かれたときだ。

「っんぁ、ふ、……っぁああ、……あ、……んぁ」

今日はやたらとゴリゴリと突き上げられる。それだけ、襞が開ききっているのかもしれない。

慶一郎のものも逞しく硬く張り詰めているのが、襞で直接感じとれた。

慶一郎は瑛斗を背後から抱きすくめながら、うなじのあたりに唇を這わせてきた。

それだけで、背筋《せすじ》がぞくぞくと震える。乳首や中で感じるのとはまた違う、頭の芯が痺れるような不思議な感覚があった。

「はっつ、……んぁ、……あ……っ」

すくみあがって硬直しても、うなじになおも舌を這わされる。舌のざらつきさえ、鮮明《せんめい》に感じとれた。全身の皮膚感覚が過敏《かびん》になって、乳首がさらにきゅっとしこっていく。

さすがにそれには、震えながら身体が無意識に逃げを打つ。

「どうした？」

「……くすぐっ……た、……ぁあっ」

尖った乳首を背後から摘まみあげられ、抗議の言葉も漏れなくなる。さすがにうなじは感じすぎるから、やめてほしい。必死になって身体をひねると、慶一郎はようやくそこから唇を離して

くれた。

うなじに息がかからなくなっただけで、身体から力が抜けた。それくらい、やたらと過敏なところだった。

——オメガになってから、……身体のあちこちが変だ。

まだ過敏な状態が続く中、乳首を指の間でもてあそばれる。こりこりと潰されるだけで、身体が硬直し、息が切れていく。

「オメガは、……普通はうなじで、つがいの契約を結ぶ。死ぬまで続く、甘い契約だ」

慶一郎に言われて、そのせいかとようやく思い当たった。

オメガはうなじのところに、つがいの契約を結ぶ器官ができるらしい。発情期に小さな粒のような突起ができて、それを噛みつぶすと、つがいの契約が成立すると聞いていた。だからこそ、発情期にはうなじの感覚がこれほどまでに研《と》ぎ澄《す》まされるのだろう。

——俺は、……誰とも、つがいの……契約なんて、……結ぶ気は……ないから。

契約を持ち出されたら、断ろうと身構えた。

だが、慶一郎はそのことについて一言も触れることなく、うなじから唇を離したまま、奥の感じるところを立て続けにえぐってきた。

「あっ、……あ、あ……」

弱い部分を責められる快感にあえぎながらも、瑛斗はそのことが引っかかる。

——俺とは、つがいの契約を……結ぶ……気は、ないのか？

身体の奥深くまで突きこまれ、さすがに苦しくなって力をこめた。

だが、そんなことで慶一郎の動きを阻《はば》むことはできない。

むしろそうしたことで、硬いごつごつとしたオスの形をことさら感じとる結果になった。

「は、……んぁ、……は、は、は……っ」

「どうした？　急に、力が」

つがいの契約を結ぶ気はないのだと認識した直後から、瑛斗の身体には不自然に力が入っている。

「なん、……でも、ない……」

どうして自分がそんなことでショックを受けているのか、理解できない。

そのことが楔のように胸に打ちこまれて、逆に自分が慶一郎のことをどんなふうに思っているのか、自覚できた。

心の隙間に、すでに彼が入りこみつつある。こんなに甘やかされ、優しくされたことなどなかったから、それだけで懐柔《かいじゅう》されそうになっていたのだ。

――俺、ちょろすぎるだろ。

たまに女性を引っかけて、それなりに楽しくやっていると思っていた。だけど、自分は本当の意味では満たされていなかった。

今も慶一郎に真の意味で求められていないのは明白で、だからこそ心をこれ以上許したくなかった。

なのに、慶一郎は瑛斗の身体をひっくり返し、頬をつかんで自分のほうに固定させ、腰を打ちつけながら、唇をふさごうとしてくる。

顔を背けようとしたら、奥深くまで含んだものを、強く出し入れされて力が抜けた。一段とその楔をしっかりと打ちこまれてから、唇をたっぷりとむさぼられる。その後で、慶一郎が言う。

「今日は奥に、たっぷりとかけてやろう。熱いの、好きだろ？」

唇に吐息がかかるほどの距離でささやかれて、じわりと涙があふれそうになった。見られないように、顔を背ける。

「そんなの、……嫌い、だ」

あえぎながらも言うと、その唇をまた慶一郎がふさいだ。

「っ……ぁ、ぐ」

舌をからめられ、唾液をすすられながら、ガンガンと腰を動かされる。

切羽詰《せっぱつ》まっていく動きに、彼の絶頂が間近なのを感じとる。男として生きてきたから、中出しなど本来ならされることはない。なのにその動きにあおられ、搾り取ろうとするように襞がからみついていく。そんなふうに複雑にうごめく襞を、入り口から奥まで余すところなく刺激されるのがたまらない。

唇も、下の粘膜も、両方とも慶一郎に占領《せんりょう》されていた。息苦しさがつのるというのに、膨れた硬い亀頭で深くまでえぐられ、抜き取られ、息を詰まらせる。

こんなふうにすべてを明け渡すのが気持ちよすぎた。

あえぎ声すら、慶一郎の口の中に吸いこまれていく。

「っ、……っふ、ぐ……っ、……んぁ……」

感じる場所を余すところなく擦られ、その張り出した先端で中をぐるりとなぞられる。ずっと入れっぱなしにされているだけに、どんな不規則な刺激も身体は受け止めて昂《たか》ぶっていく。

瑛斗がイク間際だと読み取ったのか、腕を固定されたまま、また乳首を消毒された。綿棒で乳首をつつきまわされるたび太腿が痙攣し、絶頂が近いのを意識する。

太くて長い慶一郎のものが、中を限界まで押し広げて入りこんでくるたびに、渾身の力で締めつけた。乳首がパンパンに張り詰めていく。

米粒ほどの小さなパーツだけに、射精を前にミルクがせりあがってくる感覚を、如実《にょじつ》に感じとった。

「両方……」

切れ切れの声で訴える。さきほどは片方だけは唇で舐めとってほしいと訴えたが、慶一郎とはミルクでつながっただけの関係だ。

もうとっとと必要な量を搾り取って、関係を終わらせてほしくて、涙ながらに訴えていた。

「両方?」

「両方から、……取れ、……よ……っ」

そう言ったのに、慶一郎は片側の乳首を消毒しただけで、綿棒を置いた。

残る反対側の乳首は直接吸ってもらえるのだと理解して、ぞくりと身体が震える。

慶一郎の熱い口腔内《こうこうない》を思い出しただけで、中がぎゅっと締まった。

そんな瑛斗の反応に刺激されるのか、慶一郎の動きに余裕がなくなってきた。

腰骨のところを強くつかんで、激しく奥に突き立てられる。身体の奥まで串刺しにされるような立て続けの責めに、瑛斗の身体はさらなる蜜を分泌させる。

ただ欲望のままに犯されている。なのに気持ちよすぎて、口から漏れる声を止められない。

——おれ、……どう、……なって……。

身体が慶一郎に馴染み、彼の形を刻《きざ》まれていく。

からみつく襞を引きはがすように、慶一郎は一突きごとに体重を乗せてきた。

奥深くまで切っ先がはまりこみ、最も感じる場所を容赦なくえぐられる。へその奥まで響くような重い律動に、漏れ出る声がどんどん甘くなる。

「……あ、……も、……深い……っ」

奥ばかり刺激されることで、自分でも知らない新しい感覚を開花させられていく。

絶頂を間近に感じて、小刻みに太腿が震えるのと同時に締めつけが強くなっていく。中にある慶一郎のものも、絶頂を前に大きく硬く張り詰めているのだろう。圧迫感が増していく。

「っはぁ、……んぁ、……あ……ん……」

「イクか?」

耳元で尋ねられて、瑛斗はぎゅっとこぶしを握りしめてうなずいた。

イったら、消毒された乳首に試験管をかぶせられ、見えない指でつねられたように、きゅうと搾り出されることだろう。

それを想像しただけで、触れられていないのに、乳首がますます張り詰めた。早く、慶一郎の唇で吸われたい。

「出す、ぞ」

そんなつぶやきの直後に、慶一郎の動きが切り変わった。ガツガツと腰を打ちつけられる。ひときわ中で硬く膨れ上がった性器が、一番深い場所を容赦なくこじ開ける。奥の器官をぐっと押し上げられて、ますます激しく突きまくられた。瑛斗の腰が何度も跳ね上がる。

「っぁ、……ッぁ、……っあぁ！　ふあ、……ぁ、んぁ、……いっ、……イク……っ」

昂ぶる快感に合わせて、瑛斗のほうからも腰の動きを合わせていく。慶一郎の切っ先が奥をごりっとえぐる。

乳首に何も刺激がないのが苦しくて、何かを求めるようにのけぞった。それを察したのか、慶一郎が右の乳首に試験管をかぶせた。全自動で乳首を吸い上げられながら、反対側の乳首に慶一郎が直接吸いついてくる。

乳頭に歯を立てられ、口の中で小刻みに舌を動かされて転がされながら、信じられないくらいの逞しさで中を穿たれ続ける。

「は、……あぅ、……ぁ……っん」

快感が体内で渦巻《うずま》き、自分がいったい何をされているのかわからなくなる。

そんな中でも、乳首にますます強く噛みつかれ、鋭い痛みと快感を感じとった瞬間、蓄積《ちくせき》されていた快感が一気に弾け飛んだ。

がくがくっと全身が痙攣し、きつく締めつけながら射精する。乳首にかぶせられた試験管によって、痛いぐらいにそこを吸われるのもたまらなかった。

感じすぎて腰を揺らすと、その締めつけに慶一郎が短い吐息を漏らし、中で弾けたのがわかった。

――あ、……出て……る……っ。

動けないぐらいに強く抱きすくめられていたから、慶一郎の性器の脈動《みゃくどう》や、中に注がれる液体の感触まで鮮明に伝わってくる。

「っぁ、……んぁ、中、……ッ、入って、……く……る……っ、んぁ……っ」

うわごとのようにあえぎながら、体内で逆流する熱い精液の刺激に押し上げられて、瑛斗も立て続けにもう一度達していた。

そのまま気が遠くなるような気だるさの中で、試験管をかぶせられた乳首から、なおも非情にミルクを吸いだされるのがわかる。その感触に、ひくひくと肌が震える。

だが、そのすぐ後に、反対側の乳首に慶一郎が吸いついた。

熱い舌と唇で吸われた後で、軽く歯を立てられ、そこからあふれたミルクを丹念に舐めとられる快感に酔いしれる。

試験管とは違って、それは胸が切なくなるような感覚を呼び起こした。

愛しさに似た感情がこみあげてきて、瑛斗は身もだえする。胸元に顔を埋《うず》める慶一郎の頭を、無意識に抱きしめそうになったが、手首にからむローブがそれを引き留めた。

そのことにハッとして、瑛斗はこぶしを握りしめた。

――俺は、……今、……何を……。

「はぁ、……は、……は……っ」

ただ息を整えることしかできなくなっていた瑛斗の唇を、ごく自然に慶一郎の唇がふさいできた。

「っん、……ふ、ん……っ」

唇の表面を舐められ、その甘い感触に震えながら口を開くと、舌が入ってくる。舌と舌がからまると、下肢まで震えるほどの甘い痺れをひたすら味わわされる。

「ん、……ん、ん……」

口の中にまでこんな性感帯があるなんて、慶一郎と会うまで知らなかった。

キスは気分を出すためのオードブルとしかとらえていなかった。慶一郎には未体験の感覚を教えられてばかりだ。

熱い舌に口腔内をねっとりと探られて、ひくりと中が収縮《しゅうしゅく》した。まだ慶一郎のものが中にあることを思い知らされる。

「ふ」

息苦しかったが、それでも求められると振り払う気にはなれない。むしろ、こんなふうに気だるさの中で愛撫《あいぶ》されるのが気持ちいい。

深くまで貫かれたままの、執拗なキスが続く。

「っん、あ……っ」

キスをしながらも、慶一郎は左の乳首から器用に試験管を外した。

それから、その乳首を指先でそっと押しつぶされ、瑛斗は思わずうめき声を漏らした。

指はそこから離れず、さらに押しつけてくりくりと刺激され続ける。

刺激を受けるたびに、襞がうごめいた。

指でも感じるが、そこにも温かい刺激が欲しい。ミルクを吸われた側の乳首のように、舌と唇で思う存分舐めまわしてほしい。

唇を熱い舌で蹂躙《じゅうりん》されているから、そんな想像が頭から離れない。

「ふ……」

ようやくキスから解放された。

言葉にしたつもりはなかったのに、慶一郎の唇は思い描いていた通りにその乳首へと移動し、じゅうっと吸いついてきた。

待ちかねていた熱い舌の感触に、瑛斗は大きくのけぞってしまう。

「う、……ぁあ、……あ……あ、……あ……」

乳首を小刻みに吸われると、身体の芯《しん》がぞくぞくした。

乳首を舌先で転がされ、思う存分舐められて、その気持ちよさに恍惚《こうこつ》としてしまう。

またミルクを吸われたかった。

そんなふうに思う自分の異常さに、瑛斗は震える。

だが、乳首の小さな粒の上で、ぬるりぬるりと舌を動かされていると、それ以外の余計なことは、何も考えられなくなるのだった。


慶一郎とつながってばかりの発情期だった。何度も絶頂させられて、乳首からミルクを搾り取られ、精も根も尽き果てて眠りにつく。それ以外は何もできないぐらいだったのに、不思議と満たされている。

――どう……してだろう。

怠惰《たいだ》な日々が、これほどまでに自分の性に合うとは知らなかった。

さして頭がいいほうではなかったから、勉学や仕事に全力、というわけではなかったが、自分の能力に応じて、そこそこ努力はしてきたはずだ。

むしろ学生時代は、長い休みを持て余していた。基本的に親は兄の面倒を見るために留守がちだったから、長期の休校はかえって一人の時間が増える。早く学校が始まって、友達に会いたいと切望していた。

だが、今は慶一郎がいた。

何かとかまわれ、面倒を見てもらう心地よさを身体と心で覚えてしまう。

お金持ちのエリートのアルファだから、その本人がここまでマメだなんて予想外だ。だが、お風呂で身体を洗われるときにはずっと眠っていてもいいぐらい、完璧に世話してくれるし、シャンプーを泡立《あわだ》てられるときの指の動きが好きだ。

——それに、髪を乾かしてくれるときも。

かまわれるのは気持ちいいから、できるだけ意識を保っておきたいと思うのだが、いつの間にかうとうとと眠ってしまうほどだった。

そんな人形状態でも丁寧に扱ってくれているのが、夢うつつの状態でもわかる。眠る瀬戸際《せとぎわ》にキスされたり、瞼《まぶた》や頬に口づけられたことも、一度や二度ではない。

完全に眠っていると慶一郎は誤解して、気づかれていないと思っているのかもしれないが。

——ミルクを採るのだけが目的なら、……どうしてキスなんて。

そんな慶一郎の態度が、瑛斗を戸惑わせる。

愛しい相手へ、ふと表れてしまうしぐさのように思えた。そんなキスをどれだけ受け止めてきただろう。起きているときよりも、より気持ちが伝わってくるような甘いキスを。

自分にこんな願望があるなんて知らなかった。

どれほど眠いときでも、ぞんざいにあつかわれていないということが、幸福感を増幅《ぞうふく》させる。

どうして慶一郎は、こんなふうに瑛斗を扱うのだろうか。単にミルクが欲しいだけにしては、あまりにも丁寧だ。とはいえ、慶一郎は瑛斗とつがいの契約を結ぶ気持ちはこれっぽっちもないらしい。

考えてみれば、それが当然だった。

慶一郎ほど毛色がいいアルファなら、大勢の求婚者《きゅうこんしゃ》がいる。

すでに婚約者《こんやくしゃ》がいても不思議ではないぐらいだ。

エリート層にはエリート層のお付き合いなるものがあって、同じ層の相手ならば価値観も合うに違いない。

だから、エリート層のアルファは同じアルファと結婚することが多いのだと、前にテレビ番組で観た。

──そのほうが、アルファの子どもが生まれるから。

セックスの最中にうなじに口づけられたとき、つがいの契約については一切触れられなかったことを、ずっと引きずっている自分に気づいて、瑛斗は狼狽した。

──なんで？　……だって、俺は、慶一郎と一生を共にするつもりは、ないし。

気になって、瑛斗はあの翌日、自分のうなじをなぞってみたのだ。つがいの契約を結ぶ前のオメガならば、発情期になればそこに、小さな粒状の突起ができるらしい。

だけど、瑛斗にはそれがなかった。不思議に思って何度も手でなぞったり、どうにか合わせ鏡を作って、見ようとした。

──それでも、よくわからなかった……。

発情期でも意識が比較的はっきりしているときは、突起がでないオメガもいるのかとスマートフォンで検索してみたが、そのあたりのことについても、よくわからないままだ。

――俺は欠陥品《けっかんひん》なのかな。遅咲きのオメガだから？　まだその部分が育ってなかったり、……この後になってもできない、ってこともあるのかな？

慶一郎がつがいの契約について話題にしないのも、そもそもそこに契約できる器官が存在していないからだろうか。なければ、契約を結ぶこともできない。そんなふうに考えていると、やけに落ちこんできた。

そもそも、慶一郎とつがいの契約など結ぶつもりはないというのに。

それでも、慶一郎が日々、瑛斗を扱う丁寧な物腰は変わることはない。むしろ、ますます大切にされているように思えた。瑛斗が持ってきた部屋着はバッグから取り出されることはなく、肌ざわりのいい質のよさそうな部屋着をせっせと着せかけられ、一番口に合うトロピカルマンゴー味の栄養剤をたっぷり取り寄せられたりと、何かと気にかけてくれているのがわかる。

優しく扱われると、兄のことを考えた。母の関心は、いつでも兄に向いていた。買い物中も、母が目を留めるのは、兄のための商品だった。

『お兄ちゃんにも、買っておこうか。いずれ、必要になるかもしれないしね』

――俺は……兄みたいに病人になって、こんなふうにかまわれたかったのかもしれないな……。

今になって、そんなふうに思う。

両親の関心を集めている兄のことをうらやむ気持ちを、ずっと押し殺してきた。

だけど、気の毒に思う気持ちのほうが強かったから、絶対にうらやんではいけないと、自分を抑えつけた。

だが、優しくかまわれることで、満たされる。ずっと自分の中にあった空虚《くうきょ》な部分が埋まっていくような、奇妙《きみょう》な感じがあった。

早く家庭を持ちたかったのは、たぶんそのせいだ。やたらと女性と付き合ったが長続きしない理由が、今ならわかる。

――そっけない、って、……言われたんだ。

瑛斗自身は普通にふるまっているつもりだった。自分がいつも自宅にいるのと同じように、彼女にも過ごしてもらいたい。瑛斗は他人にかまわないから、相手が自分にかまうことを期待しない。

『そこにパンあるから。自分で焼いて、食べて』

朝はそう言って、自分だけさっさと支度をして出社した。早起きした彼女が食事を準備してくれたときには、ぽかんとして彼女を見た。

『なんでこんなの、作ってるんだ？　別に俺のことはいい。自分のことだけ、すれば？』

瑛斗にとっての気遣いとは、相手に手間をかけさせないことだった。だから、自分の世話は全部自分でしてきたし、大人になるにつれて自分でできる範囲が広がっていくのが誇《ほこ》らしかった。子どものときは、どうしても親の手を煩《わずら》わせなければならなかったからだ。

だから彼女ができて、共同生活をするようになっても、実際のところはバラバラだった。瑛斗がまず相手に宣言《せんげん》するのは、自分の面倒は自分で見ること。相手にかまわないこと。

どんなに燃え盛《さか》る愛情があった時期でも、必要以上に相手にかまうことはなかった。かまわないことが愛情だと、思いこんでいた。

――だから、フラれてきたんだ。

冷たいと思われた。かまわれることも、かまうことも、負担としか思えなかった。

――こんなふうになって初めて、……かまわれることの……気持ちよさがわかった……。

セックスのときはもとより、何でもないときの接触がこんなにも心にしみるとは思わなかった。

半分眠ったような状態でいるときに、顔をのぞきこまれて布団を直されたり、そっと髪を撫でられたりするときの感触に満たされる。

――だけど、……慶一郎は、……俺のこと、……好きとか、そういうんじゃないはずだけど。

慶一郎のしぐさから、愛情のようなものを感じとるのだが、これは何なんだろうと、瑛斗はひたすら戸惑わずにはいられない。

つがいの契約を結んでいないどころか、その話すら切り出されたことはない。

――ミルクで結ばれただけの関係。

瑛斗の面倒を見る傍《かたわ》らで、慶一郎はミルクから抽出《ちゅうしゅつ》した特別な抗体の分析も進めているらしい。

管理職だから、作業は部下に任せきりでも進んでいるようだ。

何かと忙しいに違いない慶一郎の手を煩わせていることに、瑛斗はやはり罪悪感《ざいあくかん》を覚える。

瑛斗にとって、かまわれるのは悪いことだった。自分はかまわれるほどの価値はない人間だという思いが、ずっと瑛斗の中にある。

それでも、発情期でぼうっとしている間に気づけば甲斐甲斐しく世話をされており、そのぬくもりを無条件で受け止め続けることになる。

それでもどうしても引っかかったので、聞いてみた。

栄養補給をして、お風呂に入れてもらった後だ。瞼が落ちそうな眠さの中で、瑛斗は唇を動かす。

「……おまえ、……大丈夫？　疲れたり……してない？」

最初のころは会社の重役だという警戒心《けいかいしん》があって、丁寧な言葉遣いを意識していた。

だが、どんなに砕けた口調であっても、慶一郎は気にした様子を見せない。むしろ砕けてしゃべりかけたほうが、どこか嬉しそうな顔をするから、だんだんと口調がぞんざいになってきた。

――育ちがいいって、こういうことなのかな。

慶一郎を見ていると、そう思う。

本人のお行儀がいいだけではなく、相手を心地よくさせるすべを心得ている。その心地よさを維持《いじ》するための、心遣いができる。

慶一郎は瑛斗の質問に柔らかく微笑み、愛しげに髪に触れてきた。

「疲れてないよ。発情期のオメガの面倒を見るのは、アルファの特権だ」

むしろ、世話をさせてもらえるのは喜ばしいことなのだと笑う姿に、瑛斗は敬服《けいふく》することしかできなかった。

最初は傲慢不遜《ごうまんふそん》そうに見えていた慶一郎だが、それは偏見《へんけん》だとわかってきた。

高い地位と、彫りの深い端整な顔立ちから、そんなふうに誤解していただけだ。

「だけど、……大変だろ？」

「そうでもない」

「ミルクから見つけた、……特別な抗体っていうのは、どうなった？」

軽く慶一郎はうなずいてから答えた。

「見つかったのは、プロラクトゲンという特殊な免疫物質なんだが。抗菌《こうきん》、抗ウイルス作用が非常に強い。アルファメスやベータの母乳に含まれる免疫物質と比べても、ずば抜けた効果が確認されている」

「使えそう？」

「まだ何とも言えない」

「だよな」

瑛斗は深く息を吐き出した。

一つの薬の開発に、どれだけの日数と費用が必要なのかわかっている。薬として使用できるまで、十年は必要だろう。

それでも、治験に関わらせてもらえたら、その薬が承認《しょうにん》前に使用できる。

——だけど、まだ期待すら持てないレベルだよな。

ぼんやり考えていると、慶一郎の手が伸びてきて、そっと髪に触れられた。

何気《なにげ》なく視線を向けると、愛しげにこちらを見つめている慶一郎が見える。優しく髪に触れると慶一郎もまた、癒されるといった顔をしている。

その表情を見たときに、ふと瑛斗は思った。

――俺は、……ペットみたいなものかも？

恋人ではないのだから、ペットぐらいの存在なのだろうか。

ペットならば、飼い主に手間をかけさせても不思議ではない。

そう思うと、少しだけ納得できた。

それでも、どこか物足りない気持ちがあるのは、いまだに心のどこかに、つがいの契約についての引っかかりがあるからだろうか。


「ただいま」

できるだけ仕事の用事を短くすませて戻ってきた慶一郎は、自分のマンションの玄関をくぐるときに言ってみた。

帰宅するときにそんな言葉を口にするのは、しばらくなかったことだ。

返事はなかったが、今は部屋に待っている相手がいる。

スーツから部屋着に着替えることも後回しにして、いそいそと寝室に様子を見に行った。

眠っているのだったら、起こしたくない。

そんな思いでそっとドアを開き、ベッドをのぞく。

すでに彼の発情期は、終わりに近づいているようだ。

この時期になると、オメガは愛しい相手の服を丸めて巣《す》を作り、その中で眠る。瑛斗も慶一郎の服で作った巣の中で眠っていた。鳥の巣のように蓋にあたる部分がない形状だから、よく見える。

瑛斗は横向きになり、身体を丸めて眠っていた。

まずは注意深く、その様子を観察する。何か病気の兆候《ちょうこう》があったら、すぐに見つけなければならない。寝息は正常だ。つかんだ手首からの脈拍《みゃくはく》にも乱れがないことを確認して、慶一郎は身体の力を抜いた。

もっとその顔を見ていたい。瑛斗の手を元の位置に戻してから、巣を崩さないようにベッドの端《はし》に腰かけ、穏やかに眠っている瑛斗の姿を見つめる。

見ているだけで、自然と笑みが漏れた。

最初のうちは拾ってきた猫《ねこ》のように、何かと懐《なつ》かずにいたが、最近ではすっかりリラックスしているようだ。それが、寝姿にも表れている。

手を伸ばして身体にタオルケットをかけなおすと、かすかに意識が残っているのか、慶一郎を探すように手を動かした。そのしぐさが愛おしくて、慶一郎はまた微笑んだ。

ほっこりと胸に湧きあがる暖かな感情があった。

——何だろうな、これ。

ひたすら、勉強や仕事ばかりの人生だった。

慶一郎は最初は臨床医《りんしょうい》を目指していた。

だが、専門を決める時点で家業を継ぐ決意をしたのは、現在の医学では治すことのできない病気を治したいと強く願ったからだ。もっと医学を発展させたい。患者に絶望ではなく、希望を与えたい。研究者が血眼《ちまなこ》になって、新薬を開発している意味を、ようやく心の底から理解した。

企業経営の経験もなく、いきなり経営側に加わった当初は、お飾《かざ》りとして軽く扱われていた。

だが、今はそんなふうに慶一郎を軽視できる者はいない。

慶一郎が重視した抗体医薬品が、社の収入の柱《はしら》になったからだ。

抗体医薬品は、ガンなどの細胞《さいぼう》表面にある目印となる抗原《こうげん》を、ピンポイントで狙《ねら》い撃《う》ちするものだ。正常な細胞にはほとんど影響《えいきょう》を及《およ》ぼさないから、高い治療効果と副作用の軽減が期待できた。

目をつけていた開発中の抗体医薬品に、まずは自分が動かせるだけの開発費をつぎこみ、有能な研究者をスカウトして、開発を急がせたことが功を奏した。

そのときから、周囲の慶一郎に対する態度は一変した。

今では、好きな研究が好きなようにできる。

そんな慶一郎の新たな研究テーマとなったのが、オメガのミルクだ。それをずっと研究してきた研究者と連絡を取り、その有望さについて知りつつある最中だが、ひどくわくわくしている。

この感覚は、抗体医薬品を研究していたとき以来だ。

――オメガのミルクには、限りない可能性が詰まっている。

その提供主である瑛斗も、愛しくてならない。

こんなにも誰かのことを大切に思うなんて、慶一郎の人生にはついぞなかったことだった。

〔三〕

久しぶりの出勤に、瑛斗《あきと》は居心地《いごこち》の悪さを覚えていた。

慶一郎《けいいちろう》と関係を持ったのは、先週の金曜日の夜だった。きっかり一週間後の金曜日に、発情期《はつじょうき》を終えて自宅に戻ったものの、なんだか日常に戻れないまま土日を過ごし、その翌日の月曜日になった。

だるくて、このまま休み続けていたかったが、社会人たるもの、出勤せざるを得ない。いつもよりも一時間は早めに出勤し、自分の机《つくえ》に座った。

一週間分の仕事が山積みだと踏んでいたのだが、欠勤中、急ぎの仕事だけは同僚《どうりょう》がこなしてくれたようだ。

それでも仕事のメモが机にたまり、パソコンを立ち上げるとメールがどっさり入ってきた。それらを片《かた》っ端《ぱし》から処理《しょり》している途中で、始業時間となった。

いつの間にか出勤していた課長が、もの言いたげな視線をちらちらと瑛斗に送ってくる。それを読み取った瑛斗は、内心でうざいと思いながらも席を立って、課長の机に近づいた。

有給は労働者の権利だ。そう思ってはいるものの、一週間、いきなり休んだことで申し訳なさを感じてはいる。

瑛斗はしおらしい態度を装《よそお》って、目を伏《ふ》せた。

「一週間も、急に休んでしまってすみませんでした。その間の業務を分担《ぶんたん》していただいて、本当に助かりました」

「礼なら、佐藤《さとう》君に言いたまえ。……しかし、君はオメガだったのか。君がねえ」

種族差別防止法があるため、余計なことは言えない。だが、じろじろと全身を眺《なが》められて不愉《ふゆ》快《かい》になった。瑛斗のようなタイプは、到底オメガには見えないという意味なのだろう。

瑛斗は胸の中で吐《は》き捨てた。

――殺す……！

何より瑛斗自身が、オメガであることに戸惑《とまど》っているのだ。

二十八で初めて発現したなんて恥ずかしいし、半年に一度、発情期が来るのも煩《わずら》わしい。半年後も、慶一郎の家に滞在《たいざい》することになるのだろうか。

――ミルクのサンプルが、継続して必要だったら、そうなるだろうな。

社会では、種族による差別は禁じられてはいる。それでも、いまだに日本社会では根強い勤勉意識があった。オメガだというだけで出世が遅れるという事例もあり、裁判《さいばん》で争われることもあった。

――ま、……俺は出世しそうにないから、そういうのは関係ないけど。

瑛斗はぺこりと一礼して、席に戻る。

製薬《せいやく》会社にいると、周囲の人間がやたらと優秀なのに驚《おどろ》かされる。

医師や薬剤師《やくざいし》の資格を持つものがゴロゴロいるし、研究者も大勢いた。

自分も臨床医《りんしょうい》や、研究者を目指したほうがよかったのだろうかと、考えなくもない。だが、そこまで成績はよくなかったし、家計は常に火の車だった。

奨学金《しょうがくきん》をもらえるほど、自分は賢《かしこ》くはないことも知っている。

——俺では、営業になってもぐりこむのが、せいぜい。

それですら、かなり大変だったのだ。

休暇中《きゅうかちゅう》に仕事を代わりにやってくれたという佐藤に礼を伝えに行くと、こともなげにうなずかれた。

「ミスがあったら、すまない。確認しておいてくれ」

あっさりとした態度だ。代理として、どの仕事をどのようにこなしたのか、詳しく説明してくれる。それを確認してから、瑛斗は席に戻った。

瑛斗の仕事は、いくつかの大手ストアチェーンに関する業務だ。

商品の売りこみや価格交渉《こうしょう》、商品の手配や配達、伝票処理《でんぴょうしょり》、返品処理。請求書の作成や債権《さいけん》管理まで、多岐《たき》にわたる。

販売を医薬品卸《おろし》に任せている製薬会社も多いのだが、ツジタケ製薬はメーカー直販体制にこだわっていた。

急ぎの仕事は佐藤がやってくれていたものの、山のように仕事がたまっていた。

終業時間を一時間ほどオーバーしたが、繁忙期《はんぼうき》ではなかったから、その時点でどうにかメドがついた。

「ふう」

大きく息をついて、パソコンを終了させる。人がだいぶいなくなったフロアで大きく伸びをして、ガチガチになった肩をほぐした。

明日からは、また新製品の売りこみや、その対策《たいさく》を立てなければならない。

そろそろ帰宅するか、と立ち上がると、そのタイミングを見計らったかのように、机に置かれていた内線が鳴った。

重役室の秘書《ひしょ》からだ。

『辻岳慶一郎《つじたけけいいちろう》執行委員が、お話ししたいということです』

——え。

ドキッと鼓動《こどう》が跳《は》ね上がる。

社にツジタケ姓《せい》の重役は大勢いるから、フルネームで取り継がれるのだろう。わざわざ秘書を介《かい》されたことで、自分と慶一郎の地位の違いを思い知らされた。

『つないでもよろしいでしょうか』

流暢《りゅうちょう》な声で尋ねられて、狼狽《ろうばい》した。

「え、……はい」

内線の受話器を握《にぎ》りなおす。いったい、何の用だろうか。

慶一郎とは発情期が明けたときに、彼のマンションの前で別れたきりだ。タクシーを呼んでくれて、それに乗りこんだ。代金を払った記憶がないから、慶一郎が持ってくれたのだろう。

――その前に、玄関のところで抱きしめられた。

それから、軽く額《ひたい》にキスして、慶一郎が何か言ったはずだ。

――何、言われたっけ?

その声の柔《やわ》らかな響《ひび》きは覚えているものの、内容までは覚えていない。それくらい、頭が働いていなかった。

少し間を開けて、電話の向こうから慶一郎の声が聞こえてきた。

『やぁ。今日から復帰《ふっき》だろ。どうだ、調子は』

その声を聞いただけで、やたらと鼓動が乱れる。秘書と会話したときの、緊張《きんちょう》する感じとも違う。

電話の向こうに集中して、その声に含《ふく》まれるすべての情報を聞き取ろうとしていた。

だが、そんなに息を詰めてまで慶一郎の声を聞こうとしている自分に少しイラッとして、冷ややかに返してしまった。

「俺の調子なんてどうでもいい。それより、何の用だ?」

彼が自分に電話をしてくる理由がわからない。半年後まで接触しないものだと思っていた。

あの部屋での、ぬくぬくとした日々は幸せだった。だが、恋人でもなんでもない相手に、世話をさせるのはよくない。そのおかげで、土日を自分の部屋で過ごしているとき、自分にかまってくれる相手がいないことがすごく寂《さみ》しく感じられた。

あんなものは、発情期だけの特権だというのに。

瑛斗の声のそっけなさに気づかないはずはないのに、慶一郎は屈託《くったく》なく話す。

『今日、一緒に夕食をどうかな。君が仕事を終えて、社のシステムからログアウトするまで待ってた。とてもおいしいところがあるんだ。ずっと家の中でしか食事をしていなかったから、どこかおいしいところで食事でも』

「え?」

自分が仕事を終えるタイミングを見計らっていたというのはもちろん、これはいったいどういう誘《さそ》いなのかと、瑛斗は悩んだ。

もしかして、デートの誘いなのだろうか。

だが、瑛斗は同性と付き合ったことがない。同性婚《どうせいこん》は普通に認められ、街中では同性カップルも多く見かける。レストランで男同士で食事をとっていても、奇異《きい》な目で見られることはないとわかってはいるが、それでも落ち着かない。

発情期の間中、慶一郎はゼリー状の栄養剤を飲む瑛斗を優しく見守っていた。そのときに、なにか言葉をかけられたのを思い出す。

『発情期が終わったら、どこかおいしいものを食べに行こう。今はそれしか、食べられないけど』

——あの約束か?

だが、エスコートするほうとされるほうなら、エスコートするほうでありたい。キスはされるよりもするほうでいたいし、セックスにしても性器を受け入れる側を許容《きょよう》したわけではない。

——あれは、緊急避難《きんきゅうひなん》みたいなもので。

そもそも、ミルクを兄の治療に役立てたいという思いがあったからで、自分と慶一郎とはそういう関係ではないのだ。

そのあたりの誤解があってはいけない。

この声が届く範囲《はんい》に同僚がいないことを確認してから、瑛斗はきっぱりと言った。

「すみませんが、何か誤解があるようです。俺とあなたは、ミルクの提供者とその研究者というだけであって、それ以上でも以下でもない。プライベートで関係を持つ気はありません」

社の重役に突きつけるにしては、ずいぶんと強い言葉だ。

上司には可愛がられておいたほうが、仕事に有利に働くかもしれない。

だが、瑛斗は目上の者に媚《こ》びることに慣れていなかった。

むしろ、自分の属性《ぞくせい》がオメガだとわかったからには、そのあたりの区別はしっかりとつけておきたい。それもあって、ことさら強い言葉を選んでいた。

慶一郎はすぐには返事をしなかった。

瑛斗も何をしゃべっていいのかわからず、黙《だま》ったままだ。

強い拒絶《きょぜつ》の言葉は、瑛斗にもダメージを与えていた。

後悔《こうかい》が胸をかすめる。一週間、とても大切にしてもらった。あんなのは初めてだった。瑛斗に触れるときの慶一郎の手は、ずっと優しかった。

だけど、これくらいきっぱりと言っておいたほうが、誤解は生じないはずだ。当たり障《さわ》りのない断りかたをして、明日や明後日《あさって》も誘われるのはごめんだった。

ようやく、慶一郎の声が聞こえた。

『だったら、次に君を誘っていいのは、半年後ってこと?』

かなりしょんぼりとした声だ。うつむいて、がっかりとした表情が脳裏に浮かぶ。

ここまで声に感情が出る人だったかな、と思いながら、瑛斗は冷ややかな態度を保った。

「そういうことです。半年後まで、プライベートで会うつもりはありません。あと、私用で内線を使うのは、謹《つつし》んでください。どうしても用事があったら、俺の携帯のほうに」

秘書経由《けいゆ》で重役から内線が入るようなことが重なると、同じフロアの誰かに知られる可能性もある。瑛斗が不在のときには、同僚が内線に出るからだ。

それだけ言い捨てるなり、慶一郎の返事も聞かずに電話を切った。

身体にガチガチに力が入っていた。その反動で、ふうっと深いため息が漏《も》れる。

慶一郎との一週間の暮らしは、楽しかった。だけど、あんなのはただの夢だ。

発情期は年に二回。一週間。合計して二週間の甘やかし。

そんなものに心を預《あず》けてはならない。何せこちらは、少し優しくされただけでほだされてしまうような、甘やかしに慣れていない人間なのだ。

これ以上、慶一郎と顔を合わせていたら、知らず知らずのうちに懐柔《かいじゅう》されてしまいそうでマズい。

何より彼を好きになってはならなかった。ことさらそんなふうに思うのは、立場や身分の違いからだ。

その証拠に、慶一郎は自分とつがいの契約《けいやく》を結ぶ気がない。

瑛斗はつがいの契約を結ぶための突起《とっき》すらない欠陥品《けっかんひん》だ。そんな自分と慶一郎の間に、永遠の愛など生まれるはずがなかった。


慶一郎からの電話にひどく感情をかき乱された瑛斗は、気を取り直してまたしばらく仕事を続けることにした。何かで頭をいっぱいにしていたかったからだ。

次に一息ついたのは、午後の十時過ぎだ。

フロアにはいつの間にか、瑛斗以外の人は消えていた。

慶一郎も、さすがにもう帰っただろう。

そう判断した瑛斗は、社を出た途中でどこかに飲みに行くことにした。飲まずにはやっていられない。

すでに自分がオメガだと、遺伝子検査《いでんしけんさ》で判明していた。それでも、今までベータオスとして生きてきたメンタルは、そう簡単に変化しない。

発情期以外には普通にオスとしてふるまえるし、女性とセックスもできるはずだ。

——だよな？

そのあたりも試しておきたい。

慶一郎の下であえぎ続けた発情期の記憶を、一度完全にリセットさせたかった。どこかで女の子を見つけて、ベータオスとしての自信を復活させたい。

——だって、俺は男が好きってわけじゃないから。

そんなふうに思う端《はな》から、慶一郎の匂《にお》いがよみがえる。現実ではなく、幻《まぼろし》のものだ。思い出しただけで、意識がそこに傾《かたむ》き、彼と会いたいと思ってしまう。

だが、彼に囚《とら》われたくない。

彼とは、ミルクによる契約だけの仲なのだ。


少し考えて瑛斗が足を向けたのは、入り浸《びた》っていたガールズバーだ。

瑛斗好みの色っぽい女性店員がアフターへの誘いを承知《しょうち》してくれたのが、ちょうど十日前だ。その日に瑛斗はいきなり発情期に入った。

今でも誘いは有効だろうか。

そう思って未練《みれん》がましく店に来たものの、その店員は瑛斗と視線も合わせてくれなかった。オーダーも無視して他の店員と席を替わり、他の客と楽しそうにしゃべっている。

その態度には、苦笑いするしかなかった。

——考えてみれば、当然か。

理由もなしにいきなり店を出て行き、その後、十日も来店しなかったのだ。『何なの、あれ』と思われても無理はない。

オメガの発情期に入ったのだと理由を説明すればわかってもらえるだろうが、それには余計なプライドが邪魔《じゃま》をした。

発情期に入り、たまたま出会ったアルファのマンションに引っ張りこまれ、一週間も犯され続けていたなんて、知られるわけにはいかなかった。

瑛斗は何も言い訳することなく、一人で酒を飲む。

飲んでいる最中、思い出していたのは慶一郎のことだった。

断ってしまったが、今日の夕食はどうしたのだろうか。モテそうだし、他の誰かを誘って出かけたのか。

——どんなもの、食べるんだろうなぁ。

発情期の最中、瑛斗がゼリー飲料以外に口にできないのを残念がっていたが、ゼリー飲料の中で特においしいものを選んでくれていた。

世話をしてくれたときの手際《てぎわ》の良さからすれば、料理もできそうな気がする。

だけど、どの面《つら》下げて、慶一郎にレストランにエスコートされろというのだ。

——だって、……俺はあいつのつがいじゃないし。

何かと卑屈《ひくつ》になるのは、つがいの契約の誘いすらしてもらっていないからだと、今さらながらに気がついた。

帰宅してから、ネットで調べたことがある。

フェロモンが一致したアルファとオメガについてのことだ。運命の恋人と言われるケースが多いのは、フェロモンは身体だけではなく、心まで不思議《ふしぎ》と結びつけるとされているからだ。

それは、世間ではロマンチックなものと受け止められている。それをモチーフにした映画や小説などが数多くあった。つがいの契約は、永遠の愛の象徴《しょうちょう》として受け止められている。

つがいの契約はどのように結ぶのか、瑛斗はあらためて確認していた。

——嚙《か》みつぶすんだって。……うなじの突起を、アルファが。

痛いのだろうか。それとも、陶酔感《とうすいかん》でもあるのか。

そのときの感覚を待ち望んでいるかのように想像している自分に気づいて、瑛斗は苦笑いした。

慶一郎のことばかり考えている。

この店の店員に、以前のような興味も持てない。相手も脈《みゃく》なしなのがわかったから、瑛斗はグラスを飲み干《ほ》して、会計を済ませた。

店を出ようとしたとき、ドアのところで、女性客とかち合った。

「あ」

ほぼ同時にドアに手を伸ばしていたが、反射的に瑛斗は手を引っこめる。

だが、発情期の最中、慶一郎が自分に見せた姿が意識に灼《や》きついていた。大切なものを守ろうとするかのように、いつも身体でかばって、ドアを先に通らせてくれた。

そのしぐさを思い出しながら、瑛斗は同じように身体を引いて彼女のためにドアを開く。

通るのを待って外に出ると、彼女が瑛斗のほうを振り返った。

「ありがとう。礼儀正しいのね」

ハスキーな声が色っぽい美女だった。背が高く、すらりとした身体つきなのが、スプリングコートの上からでもわかる。

特徴的《とくちょうてき》なのは、その鼻梁《びりょう》の高さだ。彫《ほ》りが深く、目じりが切れ上がっている。メイクをほどこしているようには見えないのに、整った目鼻立ちが際立《きわだ》つ。

——アルファメス？

瞬《まばた》きとともに、そう認識した。

アルファメスは気位《きぐらい》が高く、アルファオス以外には鼻も引っかけないという印象が瑛斗の中にはあった。かつて瑛斗が怖いもの知らずの若者だったとき、何度かアルファメスに声をかけたことがある。だが、ろくに返事もされないぐらい、けんもほろろの扱いだった。

だからこそ、今回もアルファメスにまともに相手されるとは思わず、会釈《えしゃく》だけして立ち去ろうとした。

「あなた」

だが、引き留められ、誘いかけるように微笑《ほほえ》まれる。

「約束していた人が、来なかったの。お腹が空いたわ。どこかで食事をどう？」

——え？

これは、誘われているのだろうか。

高嶺《たかね》の花《はな》であるアルファメスが、自分のような普通のサラリーマンをナンパするとは思えない。瑛斗は何度か瞬きをして、彼女の真意を確かめようとした。それなりに女性にモテる容姿《ようし》をしているという自覚はあるが、身につけているのはつるしのスーツだし、アルファオスという顔立ちでもない。

それでもあえて誘ってきたということは、金を持っているかとか、種族による選別ではなく、瑛斗という個人に興味を持ってくれたのだろうか。

そう思うと、失われていた自信がよみがえる。

オメガとして発情期を迎えたときから、男としてのプライドを踏みにじられた。それをようやく復活させられる。

瑛斗は今まで女性を射止《いと》めてきたとっておきの笑みを、彼女に向けた。

「あなたのような人との予定をすっぽかすなんて、考えられませんね」

「そうでしょ?」

「お付き合いしましょう。お食事は、どちらで?」

「いきつけの店があるの。行けば、個室を準備してくれるはずよ。あそこのシャンパンと、黒トリュフのパスタが食べたいわ」

嫣然《えんぜん》と微笑まれる。

身に着けているものにも、しゃべりかたや動きにも品があった。

自分とはまるで別世界に属する人間だ。

一緒にタクシーに乗りこんだが、なんだか気持ちと今の状況が乖離《かいり》していることに気づく。

——だって、今、俺が会いたいのは……。

慶一郎の顔が浮かぶ。

だけど、慶一郎は恋人というわけではない。彼は自分のミルクに魅《み》せられているだけだ。慶一郎が自分とつがいの契約を結ぼうとしないのは、いずれ普通にアルファメスを娶《めと》るつもりだからか。

——そうだよな？

なのに、罪悪感《ざいあくかん》がちくちくと胸を刺《さ》す。

慶一郎の誘いを断って、女性と食事に行くからだろうか。彼の誘いを受ける義理など、どこにもないというのに。


名の知れた一流ホテルの最上階にあるレストランの個室で、豪華《ごうか》な食事をとったところまでは覚えている。

黒トリュフとか、フォアグラとか、真鯛《まだい》のなんとかとか、特別な食材を使ったコースだった。

アルファのメスは美しく、光沢《こうたく》のあるブラウスの胸元を突き上げる乳房《ちぶさ》は豊かで、何かと気のある視線を向けられたり、セックスのことを匂わされたりする。タクシーやエレベーターの中でのボディタッチから、この後、ベッドに誘われるのは確実だと思われた。

――けど、……断りたい気分になってたんだ。

何故《なぜ》か、彼女の匂いが受けつけられない。高価な香水に、おそらく微《かす》かな体臭《たいしゅう》が混じった匂い。一般的にはとてもいい匂いなのだろうが、だんだんと胸がムカムカしてきた。本当に瑛斗が求めているのは、この匂いではないのだ。

一週間、ずっと馴染《なじ》んだ慶一郎の匂い。

発情期の終わりのころ、巣《す》の材料である衣服から漂《ただよ》ってきた彼の匂いを胸いっぱい吸いこみたい。そうするために慶一郎に会いたい。

――今からでも、あいつに会えないかな。断ったから、無理かな。……それに、もう十二時近い。

さすがにこの時間に連絡するのは、非常識だろう。

だけど、不思議なほど慶一郎の匂いを嗅《か》ぎたくてたまらなくなっていた。

こんなふうに、匂いを思い出すだけで、恋しさが呼び起こされるなんて計算外だ。会ったら、ぎゅっと抱きしめてもらいたい。発情期のとき、無条件に甘えさせてくれたように。

そんなふうに思う自分に、瑛斗は狼狽する。

食事を終えて、店を出た。エレベーターで彼女が身体を寄せてきた。柔らかな胸が腕に押しつけられるのを感じながら、声を放ったところまでは覚えている。

「悪いけど、……今日はここで」

え、と彼女が驚いた顔をした。

そこで瑛斗の記憶は途絶《とだ》えた。

ふんだんにシャンパンを注《そそ》がれた記憶があった。発情期の間、アルコールを一切口にしていなかったから、一気にアルコールが回って、酔《よ》いつぶれたのだろうか。

「う……」

薄く開いた瑛斗の目に映ったのは、見慣れない室内だ。ホテルかモデルルームのように、余計なもののない、整えられた室内だった。

寝かされていたのは、大きめのベッドだ。酔いつぶれて、ここまで運ばれたのか。

だが、身体を起こそうとしたとき、瑛斗は自分の手首が手錠《てじょう》でベッドヘッド部分につながれていることに気づいた。

万歳《ばんざい》をするような格好《かっこう》は、慶一郎と発情期に過ごしたときと一緒だ。だから、もしかしてこれは、慶一郎のおふざけかとも思った。

だが、同じようにつながれてはいたものの、慶一郎の場合は手首が傷つくことがないように、柔らかなパイル地を使われていた。だが、今は剥《む》き出しの冷たい金属が手首にあたっている。

それに、目が覚めたときから何故か身体がひどく火照《ほて》っていた。

この体感には覚えがある。発情期特有のものだ。身体が芯《しん》のほうからうずきだし、排泄孔がやたらと意識される。そこが自然と濡《ぬ》れて、うずいていた。

――どうして。発情期は終わったはずじゃ……？

今の事態に焦《あせ》りながら、手首を拘束《こうそく》する手錠を外す方法を考える。だが、鍵《かぎ》がないからどうしようもない。何もできないでいる間に、そのアルファメスが現れた。

——あれ？

だが、すぐに違和感を覚えたのは、その服装が変わっていたからだ。

ブラウスを押し上げていたボリュームのある胸は消え、平らになっている。髪は長いままだったが、首の後ろで無造作《むぞうさ》に一つにまとめられていた。

パンツ姿だと、アルファオスかアルファメスなのか、区別がつかないほどの中性的な顔立ちと身体つきなのがわかる。自分が他人の性別を、胸があるかどうかだけでとらえていたのだと思い知らされた。

「目が覚めたか」

投げかけてくる声の質自体も変わらなかったが、すでに男女の区別ができない。

彼女の声は、メスにしてはかなり低かった。それでも、フェロモンをたっぷり塗《まぶ》されたような媚《こ》びのある声の響《ひび》きだったから、メスだと思いこんで疑いもしなかった。

本能的な危機感を覚えながら、それでもまだこれが冗談かもしれないという可能性が捨てきれない。

だが、狼狽が顔に出ていたからか、その人は軽く鼻で笑った。

「この服装か？　おまえら男は、胸さえあれば、簡単にメスだと思いこむ」

「メスじゃないのか？」

聞いてみたら、彼は軽く肩をすくめた。

「アルファオスだ。まさか、オメガの分際《ぶんざい》で、アルファメスとセックスできると思ったか?」

綺麗《きれい》な顔立ちをした中性的な容貌《ようぼう》の彼に、吐き捨てるように言われて、瑛斗はぎくりとした。

——俺がオメガだって、知ってる……?

初めての発情期を迎えてはいたが、瑛斗は一般的には、ベータオスだと判別される顔立ちと身体つきだ。知っていなければ、オメガだと断定できる要素がない。

彼が瑛斗を見下ろした目は、いかにもな嫌悪感《けんおかん》が漂っていた。

「遅咲きオメガ。二十代後半にして、初めての発情期が来たんだって? 現物を見ても、オメガには見えない無様《ぶざま》な姿だ。オメガっぽい可愛らしさや、華奢《きゃしゃ》さがない。慶一郎さまも、どうしてこんなのがいいのだか。女の誘いに、ホイホイ乗るようなヤツなのに」

「慶一郎のことを知っているのか!」

思わず叫《さけ》んでいた。これは、慶一郎の差し金なのだろうか。

彼は瑛斗の質問には答えようとはしなかった。代わりに、瑛斗の頬《ほお》を、指に力をこめてつねりあげる。

「痛……っ!」

「呼び捨てにするんじゃない。慶一郎さまと呼べ」

その態度からは敵意しか感じられない。その後も頬にはひりひりとした痛みが残った。食事のときの彼とは別人だ。

だが、こんなときでも、彼の顔がいいことに驚かされた。

「誘いには乗ったものの、断るつもりだった」

「誘いに乗った時点でアウトだ。慶一郎さまは、俺の婚約者だ。慶一郎さまのためなら、メスになってもいいとまで思っていたのに、急に婚約を破棄《はき》すると電話がかかってきたんだ。運命のつがいに出会ったからって。それが、こんな不細工《ぶさいく》な、遅咲きのオメガだなんて笑える」

アルファやオメガは、ある種の魚のように性別を変えることができる。いくつかの過程があるそうだが、それを容易《ようい》にするための注射《ちゅうしゃ》もある。

だが、それよりも彼が放った言葉のほうに驚かされた。

――運命のつがい？

いきなりそんな言葉を、慶一郎が言い出したという情報に瑛斗は戸惑った。

それは、もしかして自分のことなのだろうか。慶一郎が、自分を運命のつがいだと思っているなんて信じがたい。そもそもつがいの契約について、触れられたこともない。

「電話があったのは、いつのことだ？」

「三日前かな、金曜日。聞いたことがないほど、浮かれた声だった」

「それは、……俺のことではないのでは？」

この拉致監禁は彼から慶一郎という婚約者を奪ったことへの報復《ほうふく》のようだが、そもそもその前提からして間違っている。

「ミルクを飲ませたんだろ？」

「え？　……あ、……ああ、ミルクは」

　ミルクのことに触れられただけで、じわりと恥ずかしくなった。慶一郎は、瑛斗のミルクの話まで彼にしたのだろうか。

「だったら、つがいになったも一緒だ」

「は？　待てよ。ミルクを飲ませたらつがいだなんて、そんなの」

　つがいの契約には、うなじを介しての特別な儀式があったはずだ。突起を噛みつぶすという。自分たちはそんなことはしていない。

　そもそもそんな突起は、瑛斗のうなじにはなかった。

「俺は遅咲きだから、……まだ、その、つがいになるための特別な器官はな――」

　その言葉を、彼の声が遮《さえぎ》った。

「バカかおまえは！　ミルクが出るオメガなら、ミルクを飲ませることが、つがいの契約を結ぶことに該当《がいとう》する。飲ませたんだろ、慶一郎さまに」

「え？　あ、あの……、まさか、あれが？」

　何がなんだか把握《はあく》できないながらも、瑛斗は仰天《ぎょうてん》して彼の顔を見つめ返した。

　ミルクを吸われるたびに、ひどくぞくぞくして、身体中が粟立《あわだ》った。特異な行為だったが、まさかあれが、つがいの契約に該当するなんてことがあるのだろうか。

　だが、彼は腕を組み、顎《あご》を傲然《ごうぜん》と上げたまま、確証《かくしょう》をもって話を続けた。

「さきほど確認したよ。おまえのうなじには、すでに契約済みの刻印《こくいん》が浮かび上がっている。その相手が、慶一郎さまじゃないとは言わせない」

「は？」

仰天するばかりだが、言われてみればじわじわと納得できていくところもあった。

――つがいみたいに、とても丁寧に扱われた……。抱きしめられたり、キスもされた。やたらと慶一郎が親切で丁寧だったのは、もしかして瑛斗がすでに特別な相手になっていたからだというのか。その後も乳首に吸いつかれ、ミルクをねだられた。それはつがいの相手だからだ。特別な趣味だと思うよりも納得がいく。

「え、……その、……だけど、俺は……っ、別に、そのことを知ってて、させたわけじゃ……」

だんだんと全身が落ち着かなくなってきた。

瑛斗のほうは何も知らず、承諾《しょうだく》していなかった。なのに、勝手にミルクを飲んで、つがいの儀式を成立させた慶一郎は、ひどいと思う。

だけど、いつの間にか彼と結ばれていたのかと思うと、怒りよりも喜びのほうを強く感じるのは何故だろう。もしかして、今日、慶一郎が夕食に誘ってきたのは、つがいの相手だからだろうか。慶一郎はすっかりつがいの契約を結んだつもりでいて、瑛斗だけがその事実を知らなかったのか。

直接確認できないから、自分を拉致監禁《らちかんきん》しているアルファオスに尋ねるしかない。

「ミルクを飲ませるのがつがいになる儀式っていうのは、……その、……アルファにとっては、どこまで常識なんだ？」

「おまえが知らないなんてありえないほど、常識だよ！　少なくとも、アルファならみんな知っている。ミルクが出るオメガがどれだけ貴重で、そのミルクがどれだけ我を失わせるものなのかも。ミルクが出るってだけで、たいていのアルファは目の色を変えるだろう。だからって、俺の慶一郎さまを奪っていいことにはならない……！」

その言葉に、瑛斗は息を呑《の》む。

もしかして、知らなかった自分のほうが非常識だったのだろうか。だとしたら慶一郎の中で自分はとっくにつがいであり、自分はそのつがいに、半年先まで合わないと宣言した非情な相手ということか。

――そんなつもりは……。

電話してきたときの慶一郎のわくわくとした声と、断ったときのがっかりとした声の対比が蘇ってきた。あのとき、慶一郎がどれだけしょぼんとした顔をしていたのかさえ、容易に思い描けるほどだ。

――初デートを……断った……？

とにかく、まずは一度、慶一郎に会って、話をつけなければならない。こんなところに囚われている暇《ひま》はない。早く手錠を外させたい。身体がやけに熱くうずいているのが気になるが、こんなものは慶一郎と会えばどうにかなるだろう。

だからこそ、瑛斗は彼にまっすぐ伝えた。

「本気で知らなかった。とにかくあいつの気持ちを確かめたいから、これを外してくれないかな」

何やら妙《みょう》なことになっているが、彼は貴重な情報をくれた。それに免《めん》じて許すつもりで言うと、バカか、というようにため息をつかれた。

「外すかよ。そもそも俺が何のつもりで、ここまで苦労しておまえの重い身体を運んできたか、わかってる？」

「一発殴《なぐ》っていい。俺を拉致監禁したことも、今なら問題にしない。訴《うった》えられて、この先の人生をぶっ壊されたくなかったら、早く外せ。人一人を粗雑《そざつ》に扱《あつか》うと、大ごとになる」

「主導権が、自分にあると思っているんだったら、傲慢《ごうまん》だな。この後、俺が何をしようとしてるのか、知らないだろう」

「何をするつもりだよ？」

不穏《ふおん》な気配を感じながらも聞き返すと、彼は楽しそうに形のいい眉《まゆ》を上げた。

「ミルクは一度限界まで出しきったら、二度と出なくなるんだって。その後、どれだけ時間を置いたとしても。ミルクが出なくなったおまえに、慶一郎さまは価値を見出すかな。オメガのミルクほど、たっぷりとフェロモンが入っているものはない。まさにアルファにとっては禁断の味。だから、慶一郎さまは興味を惹《ひ》かれたにすぎないんだ。おまえにじゃなくて、ミルクに！」

「そうだろうな」

瑛斗は真顔でうなずく。

慶一郎がミルクに固執《こしつ》していることは、誰よりも自分が身体で知っている。

それでも他人にこんなふうに言われると、反発する気持ちがこみあげてきた。

だからこそ、冷静に瑛斗は指摘《してき》した。

「おまえは婚約者なんだろ。だったら、愛の力で奪《うば》い返せよ」

「納得できない、って慶一郎さまに言ったんだよ。ちゃんと説明してほしいって。そうしたらあのヤロウ、聞いたことがないほど幸せそうな声で、おまえのことを語り始めやがった。寝顔が可愛いだの、うちのオメガはトロピカルマンゴー味の栄養補給剤《えいようほきゅうざい》が好きだの。今度、フルーツをふんだんに使ったパフェを食べに行きたいって、愚《ぐ》にもつかないことを」

――え……っ。パフェ。

少し前までは、ミルクの供給源と供給先の関係だとしか思っていなかったのに、慶一郎がそんなふうにのろけていたのだと知ると、嬉《うれ》しい気持ちが抑《おさ》えられなくなってくる。

「パフェ、……食べに行ってやらなくもないって、伝えてくれる？」

ぼうっとしたまま言うと、怒鳴りつけられた。

「とぼけたことを言ってるんじゃないよ！　慶一郎さまは今まで、誰のことも好きになったことはなかった。そのことは、ずっと俺が間近で見てきたから、よく知っている。なのに、電話ではおまえのことばかり。聞いたことがないぐらい、うきうきとした声で話したんだ。変わりましたね、と言ってやったら、運命は人を変える、なんてほざきやがった」

彼の言葉を聞いているだけで、瑛斗はじわじわと赤面してしまう。恥ずかしくて、いたたまれなくなってくる。

慶一郎がそれほどまでに自分のことを好きだったのかと思っただけで、全身が熱くなる。

慶一郎に会いたくなった。

自分のどこが好きなのか、直接聞いてみたい。

——そうしたら、俺も、……デートに……応じてやりたくなるかもしれないし。

理由がわかると、目の前の元婚約者が気《き》の毒《どく》に思えてきた。

「あの、そっちはいつから婚約してたの？」

「十五のときからだよ！　毛並みのいいアルファの家系に生まれた者は、あらかじめ同じぐらいの年頃のアルファと、婚約しておくことが多いんだ。将来、優秀なアルファの子が生まれるように。婚約したときから、慶一郎さまは俺のものだった。ツジタケ製薬と、神代《かみしろ》レジデンスの提携《ていけい》も、今後、進むはずだったのに」

「神代レジデンス」

思わず瑛斗はつぶやいた。

丸の内界隈《かいわい》に広大な土地を持つ、大企業だ。巨大開発を請け負うことも多いから、その名は世間に知れ渡っている。

「おまえは、神代レジデンスの関係者か？」

聞くと、すでに正体を隠すつもりはないのか、彼は腕を解いてふてぶてしく手を腰にあてた。

「そうだ。神代結翔《かみしろゆいと》。いずれ、神代レジデンスは俺のものになる。慶一郎さまも、俺のものだったのに」

神代グループは不動産だけでなく、鉄道や運輸、ホテルや流通など、幅広く事業を展開していた。

病院経営までしているのを、瑛斗は知っている。兄の病気の関係で、神代グループの病院の名前が出た。そこにとてもいい医者がいて、最先端の治療をしているらしい。転院させてあげたかったが、そこの病室はどれもホテルのスイートのような広い個室ばかりで、差額ベッド代を考えただけで無理だった。

――慶一郎の知り合いは、すごい人間ばかりだ。

これがアルファの人脈ということだろうか。瑛斗はくらくらした。

だが、ここで押し負けるわけにはいかない。合意ではない性行為は違法《いほう》だし、拉致監禁も重罪《じゅうざい》だ。

「おまえみたいな御曹司《おんぞうし》が犯罪《はんざい》に手を染めたら、人一倍後悔《こうかい》することになる。いくらでも揉《も》み消せると思っているかもしれないけど、甘く見るな」

神代はそれに挑発《ちょうはつ》されたかのように鼻を鳴らした。

「そっちこそ、甘く見るな。神代は人一人ぐらい、いくらでも隠蔽《いんぺい》できる。ここでおまえを殺したとしても、血の一滴《いってき》も残さないぐらい、完璧に処理できる。そんな覚悟なしに、おまえをさらうと思うか?」

綺麗な顔でそう言い切られて、瑛斗はぐっと言葉に詰まった。

胸は偽物《にせもの》だったようだが、さきほどまではアルファメスだと思いこんで疑わなかったほどの美《び》貌《ぼう》の持ち主だ。どうしてこのように金や権力もある婚約者を捨てて、自分とつがいの契約を結んだのか。慶一郎がわからなくなる。

——そこまで、ミルクが?

ひとときの衝動《しょうどう》に駆《か》られているのだろうか。

だが、発情期の間のことを思うと、刹那的《せつなてき》な感情ではなかったような気がして、胸が苦しくなる。

——あいつに会って、その真意を確かめたい。

だが、そんな瑛斗をよそに、神代は撮影《さつえい》機材を部屋に運びこんできた。

延長コードを何本も伸ばし、撮影の準備を始めている。何やらろくでもないことが始まりそうな気がして、瑛斗はベッドの上でもがく。

「今なら、……何もなかったことにして、帰ってやってもいいけど」

挑発するように言ったのは、発情期にまた引き戻されたような、奇妙な体感がくすぶりだしていて、焦ったからだ。

ここに慶一郎がいて互いの匂いを嗅《か》いだなら、理性が飛ぶだろう。やたらと慶一郎に会いたいのは、身体に引きずられているせいもあるのかもしれない。

——何か、……濡れ、……はじめて……。

濡れる、という感覚がどういうものなのか、瑛斗は知り始めてもいた。

「何をする……つもりだ」

「ミルクを、搾《しぼ》りつくすって言っただろ。慶一郎さまは、その希少性《きしょうせい》に惹かれただけだから、価値のない身体にする」

「だけど、……俺はあいつと、……つがいの契約を、結んでるって……」

つがいの契約は、どちらかが死ぬまで続く一生のものだ。

だが、神代は軽く鼻で笑い飛ばした。

「慶一郎さまから、聞いたことがないのか？　ツジタケ製薬は、つがいの契約を解消する薬を開発中だ。さまざまな事情で、つがいの契約を破棄《はき》しなければならないことがあるからね。人道的な理由としては、強姦《ごうかん》に近いやりかたでうなじを噛まれたオメガが、その相手に一生囚《とら》われることになってはならない、とか」

「つがいを、……解消する薬……？」

初耳だった。

だが、ツジタケ製薬では日々、多くの薬を開発している。そのような薬が開発されたとしても、不思議ではない。

フェロモンの力は絶大だ。だが、いくらフェロモンで惹かれあっても、うまくいかないつがいもいるだろう。

「そろそろ、認可待ちの最終段階に入ってるんじゃないかな」

驚いた顔をしていたのが目に入ったのか、神代は呆《あき》れたように目を細めた。

「なんだ、知らなかったのか」

その言葉が、ずきっと心臓を突《つ》き刺《さ》す。

神代は慶一郎から、そのことを聞いたのだろうか。

「慶一郎さまなら執行役員の権限で、その薬を入手することが可能だ。その薬を使ったら、おまえと慶一郎さまとの、つがいの契約をなかったことにできる」

「俺を排除したとしても、おまえと婚約するとは限らないけど」

このアルファの意図は、すぐに理解できた。彼は瑛斗を排除して、慶一郎との蜜月を取り戻したいのだ。

だが、意図が理解できたことで、打開策《だかいさく》も浮かんだ。

「だったら、言われた通りにするから、この手錠を外してくれ」

「は?」

「そんな薬があるとは、知らなかった。あいつとつがいの契約を結んだのは、こっちとしても不本意なんだ。遅咲きのオメガだったから、発情期のことがよくわからず、フェロモンに浮かされた状態で、あいつと関係を結ぶことになった。ミルクを吸わせるのが、つがいの契約になるなんてことも知らなかった。だから、慶一郎と交渉《こうしょう》して、その薬を用意させる。つがいの契約を解消したら、慶一郎には関わらない。それで、いいんだろ?」

「……まさか、慶一郎さまとの契約を、おまえは望んでないのか?」

「望んでなんかいるかよ。全部、事故《じこ》だ。俺があいつとつがいになることを、望んだことは一度もない」

綺麗《きれい》に言い切ろうとしたのに、どうしても声がかすれた。嘘《うそ》を言っているのだと、自分でもわかる。それは、神代にも見ぬかれたようだ。

神代は一瞬だけ考えた後で、鼻でせせら笑った。

「ここで口約束したところで、おまえが守る保証はない。手錠を外すのは、ミルクを搾りつくしてからだ。ミルクが出ない身体になったら、慶一郎さまはおまえに確実に興味を持たなくなる」

「搾りつくすって、……どうやるんだ？　ろくでもないことを考えてるんじゃないだろうな」

「どうだろうね。もう決めたんだ。ミルクで慶一郎さまをたらしこんだのなら、ミルクが出なくなればいいいんだ」

そんな言葉とともにワイシャツのボタンが外され、瑛斗の引き締まった身体が露《あら》わになる。

その胸元を、神代は憎々《にくにく》しげににらみつけた。


電話の呼び出し音をいちいち頭の中で数えるなんて、いつ以来だろうか。

社内からプライベートのスマートフォンを使って、慶一郎は瑛斗に電話していた。以前、連絡したら、私用に内線を使うなと言われたからだ。

秘書を介すのは、大仰《おおぎょう》な感じでもあるのだろうか。

――気にしなくてもいいのに。

幼いころ、こんなふうに呼び出し音を数えていた遠い記憶が呼び起こされた。病弱だった母との、たまの電話が許されたときのことだ。母と話すわくわく感を抑えきれずに、早く出ろ、早く出ろ、と心の中でつぶやきながら、呼び出し音を数えていた。

今、瑛斗の声を聞きたくてたまらないのは、恋のせいだ。

今まで、自分は情緒《じょうちょ》に欠けた人間だと思っていた。いつでも冷静沈着《れいせいちんちゃく》で、あまり動揺した姿を他人に見せたことがない。恋のときめきとも無縁《むえん》だったから、まさか自分がここまで骨抜《ほねぬ》きになるとは思っていなかった。

自分はツジタケ製薬を継ぐ人間であり、そのことを義務として受け止めていた。親が決めた婚約者ともたまに顔を合わせていたが、その相手にも格段、心は動かされなかった。

だが、ある日突然、怒濤《どとう》のような恋情に襲《おそ》われたのだ。

今、慶一郎は瑛斗のことしか考えられない。

その姿を目にするだけで、全身が熱くなるし、自然と柔らかな笑みが浮かぶ。

アルファはいつか、運命のオメガに出会う。フェロモンによって導かれ、恋に落ちる。

そんな夢物語を耳にしてはいたが、そこまでの運命の相手と出会えるのは、実際のところはほんの一握《ひとにぎ》りだ。ほとんどのアルファは、運命のつがいに会うことなく、一生を終える。

そんな中で、運命の相手と出会えた自分はとても幸運だと言わねばならない。

瑛斗の声が聞きたかった。

昨日、瑛斗を夕食に誘って、断られたにもかかわらず、また電話をかけている。彼に知らせたいことがあるからだ。

今日、慶一郎は瑛斗の兄が入院している病院を訪ねた。

瑛斗の兄がどのような免疫不全《めんえきふぜん》の症状《しょうじょう》なのか、電子カルテだけではわからない。詳しい症状を主治医に確認したかった。

瑛斗の兄が入院しているのは、幸い、ツジタケ製薬と取り引きのある大学病院だった。

だから、その主治医との面会の約束をスムーズに取りつけた。慶一郎は医師免許を持っており、抗体《こうたい》医薬品を開発している部門の執行役員だ。言うなれば免疫不全に関する部門の責任者だったから、主治医とも話が滞《とどこお》りなく進んだ。

——八回目……。

電話の呼び出し音を数える。

瑛斗の兄は、生まれつき免疫をつかさどる細胞《さいぼう》が機能しない病気だ。

それは、免疫が機能するために必要な物質が不足しているからだ。だから、その物質を見つけ出して適切《てきせつ》に投与《とうよ》すればいい。

主治医はそのように考え、いろいろ試しているが、適合するものが見つかっていない状態だという。

だとしたら、瑛斗のミルクに含まれている免疫物質を試してみたらどうだろう、と慶一郎は考えていた。

ミルクは免疫物質の塊《かたまり》であるうえに、何より二人は兄弟だ。

瑛斗が出産したとして、その子どもにとって必要な免疫物質が、ミルクには含まれている。だとしたら、兄に欠落《けつらく》している物質も含まれている可能性があった。

――試してみる価値はある。

さすがに、すぐというわけにはいかない。精製した化合物を人に投与する前に、基礎研究や動物実験など、数々の段階を踏む必要があった。

――十回目……。

今日も瑛斗を夕食に誘うつもりだった。そのときに、兄の転院について相談したい。ツジタケ製薬の治験に協力してもらっている特定病院に転院できれば治験もやりやすいし、何より他の実験的な治療も進めることができる。

――なのに、出ないな……。

電話は十五回の呼び出し音の後で、留守電になった。何かメッセージを入れようかと考えたが、慶一郎は黙《だま》って電話を切る。

同じ社内だ。ここは瑛斗が勤務するフロアまで出向いて、直接話をしてもいいのではないだろうか。

慶一郎が足を運んだのは、瑛斗が勤務する一般医薬品営業部だ。

ドアのところで瑛斗を探したが、見つからない。

目の前を通りすぎる社員を呼び止めて、尋ねてみた。

「菅野《すがの》は今日、お休みです」

休みという可能性をまるで予想していなかった慶一郎は、虚《きょ》を突かれて、うなずいた。

「あ、そうか。何でお休みだか、知ってる？」

体調が悪いのだろうか。発情期の疲れでも残っていたのか。心配になる。

彼は慶一郎が首から提《さ》げていた社員証に目を走らせた。社の重役だとすぐにわかったらしく、恐縮《きょうしゅく》した顔をして言ってきた。

「ええと、お兄さん関係だと聞いております。たまに行くみたいです、お見舞いに」

それは変だ。慶一郎はその兄の病院に行って、今戻ってきたところだった。瑛斗が見舞いに行ったとしたら、会っていないはずがない。

「そうか、わかった、ありがとう」

軽くうなずいてフロアから離れたが、エレベーターホールへ向かう慶一郎の表情は強張《こわば》っていた。

――どういうことだ？

慶一郎は昼から午後二時ごろまで、主治医と兄の病室のすぐ前の部屋でずっと話をしていた。見舞い時間はその二時間だけだったたから、瑛斗が来れば気がついたはずだ。

嘘の理由で有給を取った可能性もあるが、ならば瑛斗がどうしてそんな嘘をついたのか気になった。瑛斗にとって兄のことは、特にデリケートな事のはずだ。

――確認してみるか。

慶一郎は自分の執務室に戻るなり、人事記録にアクセスした。執行役員だから、社員のファイルは何ら制限を受けずに閲覧《えつらん》できる。

社員は有給届を紙で提出するか、もしくはメール一本で有給が取れる仕組みになっていた。

瑛斗の欠勤理由が表示されると、慶一郎は眉《まゆ》をひそめた。

『兄の病気が悪化したので、付き添います』

――兄の病気が悪化？

そんな事実はない。先ほど、その病院で主治医と何時間も症状について話をしたのだ。瑛斗の兄の症状は安定していて、急に容態《ようだい》が悪化するような兆候は見られなかったはずだ。

だが、念のためと、病院に電話をかけてみる。主治医と話をしてみたが、容態は昼間と変わりないらしい。面会についても確認してみたが、瑛斗が行った記録はないようだ。

――どういうことだ？

瑛斗は今、いったいどこで、何をしているのだろうか。

ここまで気になってたまらないのは、瑛斗に会いたくて、飢《う》えたような状態になっているからだ。

たった二日会っていなかっただけで、息苦しささえ覚える。

この症状は瑛斗に会ってその表情を眺《なが》めたり、近づいてその匂いを思いきり嗅がなければ治癒《ちゆ》しない。なのに、その本人が行方不明なのは深刻《しんこく》だ。

慶一郎はパソコンの画面を見つめた。

この有給届はどこかあやしい。本当に、瑛斗本人が提出したのだろうか。まさか別人が、瑛斗のスマートフォンを使って、提出したのではないだろうか。

そんなありえない可能性まで頭に浮かんだ。

——確認してみるか。

社には優秀なセキュリティ担当者がいる。

彼に頼めば、瑛斗が現在いる場所や、この有給届がどこの基地局を経由《けいゆ》して出されたかまで、すぐにわかるはずだ。


どれだけの時間、こんなことをされているのだろうか。どうやら自分は薬を盛《も》られて、強制的に発情期状態にされているようだ。

そんなことを、瑛斗は切れ切れに考えた。高級なベッドはさすがに重量感があって、そのヘッド部分に手錠で手首をつながれているから、まるで逃れる方法はない。体内に大きなバイブをぶちこまれ、何度も精を搾り取られて、くたくただという理由もあったが。

「ぁ、……ぁ、あ……っ」

なおもバイブは体内でうごめき続けている。

だが、それより問題なのは乳首のほうだった。

神代自身が愛撫《あいぶ》することは一切なかったが、瑛斗からミルクを搾り取るのに金は惜しまなかったようだ。柔らかなシリコン製の舌が、無数に内側に取りつけられたカップを乳首に押しつけられると、電動で震える舌でずっと舐《な》められているかのような感覚がひたすら続く。

その乳首への刺激によって身体の感覚を限界まで高められ、焦《じ》らされてどうしようもなくなったときにバイブを強く振動させられたら、慶一郎によって慣らされた身体は、それを食い締めながら、絶頂まで達するしかない。

「う、ぁあああ……っ！」

だが、瑛斗がイクたびに、乳首の透明なカップ越しにその中を確認していた神代は、何度も舌打ちをした。

「どうして、ミルクが出てない……！」

そんなのは、瑛斗にはわからない。

達したばかりの乳首からミルクが出ていないのは、瑛斗も体感からわかる。射精しても、乳首がミルクで満たされた感覚がないからだ。指で引っ張られ、しつこくミルクが出ないか確認されたが、やはり一滴《いってき》も出ていないようだ。

さらに何度イかされても、ミルクは出ない。そのことに業《ごう》を煮《に》やした神代に、乳首を小さなゴムできゅっとくびりだされ、ミルクが出たらすぐにわかるセンサーを取りつけられたが、ミルクは出た様子はない。

――それでも、イかされ続けている……。

体力的な限界があって、一度は気絶するように眠りに落ちた。だが、目覚めるなり、また再開された。

乳首にあらためてつけられた器具は、前のものよりもさらに性能がアップしていた。

乳首を見えない舌で執拗《しつよう》に舐められた後は、見えない指で乳首をぐりぐりとこね回されているような刺激が続けられた。さらにはそれに、唇でちゅ、ちゅっと吸われているような刺激も混じった。

後孔の大きなバイブの動きも、ランダムに変化する。経験の足りない瑛斗の身体は、それらの刺激を慶一郎にされているように錯覚《さっかく》させることがあるから、厄介《やっかい》だった。

「う、……う、……っぁ、あ……っ」

乳首からの刺激を強く受け止めてしまうのは、神代によって乳首をゴムでくびりだされたせいもあるのかもしれない。その状態では、ただ軽く刺激されただけでも、身体の芯まで快感が走る。絶え間なく腰を動かさずにはいられなくなり、暴《あば》れまわっていた足は途中で、補助器具によってM字形に固定された。

足の間にカメラを移動され、恥ずかしい部分を中心に撮影されている。

――こんなの、撮影して。……どうするつもりだ。

おそらくは別室にいる神代が、瑛斗が逃げようとする動きがないかチェックする意味と、のちのちこれを使って瑛斗を口止めする意味もあるのだろう。

体内にあるバイブが巧《たく》みに動いて、ピストンで奥まで侵入してくる。その動きに反応して、どうしてもぎゅっと中が締まり、バイブを食い締めてしまう。そのために、身体の芯のほうまで振動が響き、あえぎ声が漏《も》れだした。

中にぶちこまれているのは、かなり大きなバイブだ。だけど、慶一郎のものに比べたら、長さが足りなかった。

熱くなるのは身体ばかりで、心まで絶頂の域に押し上げられることはない。

どんなに感じても、バイブの切っ先《きさき》は瑛斗の一番感じるところに届かないからだ。

そこを慶一郎の切っ先でえぐられたときの、頭の中が真っ白になるような刺激がなければ終われない。それだけに、おかしくなるような焦れったさがずっと身体を灼《や》き焦《こ》がしていた。

ひたすら焦れったさと、苦しさが膨《ふく》れ上がる。

――慶一郎、……けい……いちろ……っ。

そこに彼のが欲しくて、唾液《だえき》があふれた。

刺激に慣れさせないために、体内のバイブはとっかえひっかえ、新しいものに変えられた。どれも高性能で、否応なしに射精まで追い上げられたが、どれもが慶一郎のものには及《およ》ばない。

一番感じる深いところまで届くものはない。

それでも、腹に響くほど中をピストンされると、狂《くる》おしいあえぎ声が漏れた。

バイブの根本を固定されて、自分では抜き出せないようにされていた。だから、実際に抜き挿しされているわけではない。だが、そうされているとしか思えないような振動が次々と襲いかかる。ここまでバイブが高性能になっていることを身体で思い知らされた。

さらに、バイブ特有の振動や、回転するような動きも混じるのだから、たまったものではない。感じさせられるたびにぶるっと身体が震え、くわえこむ襞《ひだ》に力がこもる。

「っぁ……っ」

バイブがぐっぐっと奥に突き刺さるたびに、信じられないほどの快感が湧きあがる。その先端をどうしても奥のほうに導きたくて、浮いたつま先に力がこもる。

——……そこじゃない。……もっと、奥……っ。

ずっと頭の中に浮かんでいたのは、慶一郎のことだ。抱かれている最中に慶一郎を見上げたら、すごく官能的《かんのうてき》な表情をしていたことだとか、抱きしめられるとベッドに縫《ぬ》いとめられるように、彼の筋肉質の身体の重みを感じたことだとか。

「ん、ぁ……っ」

膝《ひざ》を慶一郎の腰にからめたくて、無意識に身体が動いた。だが、それはかなわない。M字形に足を固定されていて、自分では閉じることもできない。

「っは、……ぁ、あ、……っ、けい、……いち……ろ……」

気づけば、彼の名をかすれた声で呼んでいた。

ハッとして口をつぐんだが、神代に聞かれただろうか。

だが、ここまで甘い声で彼の名を呼んだことはなかったような気がする。

——ここまで、……死ぬほど焦らされることは、なかったから……。

その逞しい先端で、奥の奥までえぐられたい。オメガのオスの受精機関を、カリの先端でごりっとえぐられたときのたまらない絶頂感が脳裏によみがえる。

今、挿入されているバイブでは、慶一郎に直接されたときの快感を超えることはない。だけど、ひたすら渇きを煽《あお》り立てられた。焦れったく、身体が燻《いぶ》されていく。

長時間、こんなふうに無機物でなぶられることで、余計に慶一郎のことばかり考えるようになっていた。

彼の体温を、直接肌で感じたい。こんな器具ではなく、慶一郎の舌と、彼の性器で全身を満たしてほしい。

そんな想いがあふれて止まらなくなり、またかすれた声が漏れた。

「けい……いち……ろ……」

それが気に障《さわ》ったらしく、別室にいた神代が戻ってきた。

イラっとした様子で瑛斗に手を伸ばしてきたとき、室内にチャイムの音が響き渡った。

一瞬、神代が身を固くしたのがわかる。そのまま無視しようとしたようだが、しつこくチャイムが鳴らされた。

「うるさいなぁ」

閉口したようにつぶやいてから、神代は部屋の隅にあるインターホンの前に移動した。

「何だ」

『お届け物です』

その声が耳まで届いたとき、瑛斗の鼓動《こどう》はどくんと跳《は》ね上がった。

——え？　今の……！

仰天《ぎょうてん》した瑛斗とは対照的に、神代は特に何も気づいた様子はない。仕方なさそうにため息をついて、玄関に向かう。

瑛斗も玄関のほうに意識を向けずにはいられなかった。

――だって、あれは……慶一郎の声では……？

インターホン越しのやりとりだ。声はかなり変質している。付き合いの長そうな神代でさえ気がつかなかったぐらいだから、声をあえて変えていたのだろう。それでも、瑛斗にはわかった。

このマンションは、防音も建てつけもしっかりしていた。間取りも広く、玄関までそれなりの距離がある。だが、息を詰めて気配を探っていると、何か揉《も》めているようなやりとりがあった後で、誰かが急いでこちらにやってくるのがわかった。

続いて、焦ったように名を呼ぶ声が聞こえた。

「瑛斗……！　瑛斗！　どこにいるんだ……！」

――やっぱり、慶一郎だ……！

ここに彼が助けに来てくれるとは思っていなかったから、焦って声を発しようとした途端《とたん》、息が喉《のど》に詰《つ》まった。それでも、この千載一遇《せんざいいちぐう》のチャンスを逃《のが》してはならない。

今の自分のとんでもない姿を恥ずかしく思いながらも、瑛斗は必死で叫《さけ》んだ。

「ここだ！」

答えたすぐ後に、寝室のドアが開く。

現れたのは、慶一郎だ。いつものようにスーツを身につけ、息を少し弾《はず》ませている。目に飛びこんできた瑛斗の姿に目を見開いたが、すぐに嬉しそうに微笑んでくれた。

その柔らかな表情を見ただけで、瑛斗の胸に熱いものが広がり、じわりと目に涙が浮かび上がる。自分が泣くとは思わなかった。だけど、慶一郎が瑛斗のこのような姿を見た不快感より、その身が無事だったことを喜んでくれたのがわかって嬉しい。

同時に、自分が囚われの身になって、どれだけ怖かったのかを自覚した。不意に身体から力が抜けて、涙が止まらなくなった。

泣き顔など見せたくはない。だが、慶一郎がベッドに上がり、まずは強く抱きしめてくれると、涙が止まらなくなる。鼻孔から彼の匂いを吸いこむだけでそうなってしまう。

すでに慶一郎が自分の心の深いところまで入りこんでいることを、自覚した。

ずっと意地を張って、一人で生きてきた。両親は兄のことで大変なのだから、余計な世話をかけてはならない。

そんな意識が幼いころに植えつけられ、他人を頼るのは悪いことだと思いこんできた。だけど、慶一郎と出会い、抱きしめられると、心がすべて明け渡されていく。

もっともっと、慶一郎のことを知りたくなった。自分のことも知ってもらいたいし、慶一郎のことも知りたい。ずっと心にあった障壁が、涙とともに崩《くず》れていく。

「大丈夫か？　怪我《けが》は」

だからその言葉に、瑛斗はあえて甘えるような言葉で返した。

「遅い……よ。……何、……してたんだ……」

——俺は、……おまえのつがいなのに。

最後の言葉は口にすることはできなかったが、返事をするように慶一郎がさらに腕に力を入れたので、安堵感《あんどかん》が増していく。

「悪いな。手間取った。こんなところに囚われているとは、思ってなくて」

そこに割りこんできたのは、神代だった。

おそらく、宅配便の業者のふりをした慶一郎に押し入られたときに、揉みあってぶつけたのかもしれない。少し痛そうに、肩をさすっている。

「ちょっと！　なんだよ、勝手に人のうちに入って！　通報するよ！　そのオメガと楽しく遊んでいるところなんだから、邪魔《じゃま》するな」

「嘘だ……！」

瑛斗が口走ったところを、慶一郎が引き取った。

「このオメガが、俺以外との行為を求めるはずがない。手錠の鍵はどこだ？　とっとと渡せ。こんなことをした落とし前をつけさせるから、覚悟しておくんだな」

今まで聞いたことがないぐらい、冷ややかで物騒《ぶっそう》に響いた慶一郎の声に、瑛斗は息を呑んだ。そこまでの怒りをぶつけられたのは、神代も初めてだったらしい。殺気すら感じられる響きに、神代が全身を強張らせたのがわかる。

気圧《けお》されたのか、彼は無言で鍵を差し出した。

慶一郎によって、瑛斗の手錠が外される。

瑛斗が他の拘束は自分で外して合図すると、慶一郎は頷《うなず》いて、部屋にあったカメラに向かった。

神代に命じる声が聞こえてくる。

「この画像データはどこだ？　全部渡せ。後日、残っていたのがわかったら、ただではおかないからな。それから、瑛斗に詫《わ》びろ」

静かな口調だったが、やはり逆らえないほどの迫力がある。

ずっと慶一郎の穏《おだ》やかなところしか見ていなかっただけに、殺気を感じとるだけで瑛斗の身体まで冷たくなる。その怒りを直接向けられている神代は、それ以上だったことだろう。

神代の顔は、紙のように真っ白だった。許しを乞《こ》うように神代は慶一郎を見たが、氷のような表情はそれでもまるで動かない。

身体の脇《わき》で握った神代のこぶしが、小刻《こきざ》みに震えていた。

「僕よりも、そんなオメガがいいんだ？」

その形のいい唇から、恨《うら》みごとが漏れる。慶一郎は静かに応じた。

「すでに伝えたはずだ。運命のオメガに出会ったと。婚約を破棄した報《むく》いは、俺が受ける。瑛斗に向けるのは、許さない。もともと、おまえとの間には、何もなか――」

「何もなくなんてないだろ……！」

神代が癇癪《かんしゃく》を起こしたように叫んだ。

慶一郎は神代との間に、肉体的なつながりはないと言いたかったのだろう。

だが、神代にとっては慶一郎との精神的なつながりがあるのだと伝えたかったはずだ。そのあたりですれ違っているのは、瑛斗にもわかった。

神代は慶一郎のその言葉がひどく堪《こた》えたらしく、ぼろぼろと涙をあふれさせながら叫んだ。

「いいよ！　だったら、連れてけ！　ほら……っ」

「連れてけ、じゃなくて、詫びろって言ったんだ」

「いいって。もう」

これ以上追い詰めるのは気の毒な気がして、瑛斗は神代をかばうようなことを口にしていた。

慶一郎はカメラの中からメモリを回収した後、瑛斗の身体を毛布で包みこんだ。

神代をどうするか、尋ねるように慶一郎に見つめられたから、瑛斗はもう一度繰り返す。

「いいって」

自分も神代の立場だったら、好きな相手に捨てられたら、感情がぐちゃぐちゃになるだろう。少なくとも、その当てつけに、二人を恨《うら》むことぐらいはすると思う。

「とりあえず、早く連れて帰ってほしい」

言うと、慶一郎が無言で瑛斗の身体を毛布ごと抱き上げた。

自分で動けると言いたい。だけど、なぶられ続けた身体はひどく疲れきっていたから、服を探して着替えるのも億劫《おっくう》だった。

それに、こんなふうに抱きしめられるのが心地よい。ずっと欠けていたものが満たされていく感じがあった。

慶一郎に抱きしめられることは、こんなに気持ちいいのだとあらためて認識する。もっと身体を擦りよせて、その肩や腕の感触におぼれたい。

そして何より鼻孔から入りこんでくる慶一郎の匂いが、発情期状態にある瑛斗の身体の芯を直撃《ちょくげき》した。ぞくぞくと、粘膜《ねんまく》が切なく燻《いぶ》されてくる。

早く誰もいないところに行って、なぐさめてほしかった。そんな欲望のほうが強くて、それしか考えられない。

慶一郎は瑛斗を大切に毛布で包みこんだまま、廊下に出た。

こんな姿を誰かに見られたら恥ずかしいと思ったが、地下にある駐車場に停められた車に到着するまで、誰ともすれ違うことはなかった。さすがに高級なマンションだけあって、プライバシーを最大限、尊重《そんちょう》した造りになっているのだろうか。

車の後部座席に乗せられそうになったとき、ハッとして言った。

「助手席がいい」

少しでも慶一郎と触れ合っていたい気持ちが強い。それに、どうして自分の居場所がわかったのかなど、事情も知りたかった。

運転士はおらず、慶一郎自ら車を運転してきたようだ。助手席に乗せられ、毛布にくるまりながら、瑛斗は深く息をつく。

ようやく、囚われの身から脱した。

あれから、どれだけの時間が経っているのかわからない。

「今日、何曜日？　あれ、俺、会社休んだ？」

聞いた途端《とたん》に、無断欠勤してしまったかと思って焦った。

「火曜日だが、ちゃんと君の欠勤届は出ているから、心配するな」

「欠勤届？　え？　だって、おれ……」

「神代が代わりに出してくれたようだ。行方不明になっているのを隠そうとしたんだろうが。おかげで、君の行方《ゆくえ》を突き止められた」

慶一郎が、瑛斗の行方を突き止めた経緯《いきさつ》を話してくれる。兄の見舞いに行くからという嘘の欠勤届のこと。瑛斗のスマートフォンの位置や、経由した基地局を探り当てて、神代のマンションまでたどり着いたこと。

ひどくだるく、その話を聞きながら眠りへと引きこまれそうになった。

だが、それよりも強く、瑛斗の身体に作用したのは、本能に訴えかける甘いフェロモンだ。身体の芯が、ずっと甘くうずいている。慶一郎の存在を、もっともっと身体で感じたい。

――抱かれたい……。

そんなふうに自分が本気で願うようになったことを、驚きとともに受け止めるしかない。

「まずは、これを飲め」

車が信号で止まったときに慶一郎が手渡してくれたのは、栄養補給のためのゼリー状のドリンクだった。発情期に飲んでいたものだ。トロピカルマンゴー味。パフェデートのことを思い出して、瑛斗は一人で笑ってしまう。男同士でデートすることに今まで抵抗もあったが、今なら問題なくこなせそうだ。彼がどんな店に自分を連れて行ってくれるのか、知りたかった。

「これ、好きなんだよな」

さりげなく言ってみると、慶一郎が少しだけ嬉しそうに目を細めた。

「発情期抑制剤《よくせいざい》もあるが、飲むか？」

瑛斗の肌の火照りや、立ち上るフェロモンなどで、強制的に発情期の状態にさせられていることを、慶一郎は見抜いているのだろう。

だけど、今はそうやって症状を抑えるよりも、慶一郎に抱かれたかった。そうすることで、先ほどまでの凌辱《りょうじょく》の記憶を消し去りたい。

「……相手してくれないんだ？」

冗談のように尋ねてみる。

やけに恥ずかしくて、その一瞬後には真っ赤になった。この手の誘いにはまだまだ慣れない。いたたまれずに窓の外に視線をそらせようとしたとき、目の端《はし》に慶一郎の顔が映った。

彼も少し赤い顔をしていたので、もしかしたら自分のフェロモンが影響《えいきょう》を及ぼしているのかもしれないと思い当たった。

つがいである瑛斗が、ここまで濃厚なフェロモンを垂《た》れ流しにしているのだ。さすがに慶一郎に何らかの影響があってもおかしくない。

車を発進させる前に、窓を少し開けられたことも思い出す。

「……でも、忙《いそが》しいなら、薬飲むけど」

つけ足してみたが、毛布にくるまれた身体がじわじわと火照っている。

助手席の窓を少し開け、瑛斗は息を吐き出した。車の窓ガラス越しに、慶一郎の表情を見定めようとしたが、それよりも早く返事が聞こえた。

「いや。それには及ばない。まずは、俺の部屋に行こう。着替えもある」

少し早口になっているところに、彼の性急な思いを感じとる。発情期の間に、慶一郎は瑛斗の部屋着や寝巻きをいそいそと買いそろえていた。確かに着替えもたくさんあった。

だが、その前にもう一つ確かめておかなければならないことがあったことを、瑛斗は思い出した。

「あいつ、いつの間にか、自分が慶一郎とつがいの契約を結んでいたことについてだ。

「あいつ、おまえの婚約者って、……言ってたんだけど」

「事実だ」

「あいつと、婚約解消したんだってな。運命のつがいを見つけたからって。それって、俺のこと?」

返事はない。ちらっと見たら憤《いきどお》ったような顔をしているから、『君以外に誰が?』という感じなのかもしれない。瑛斗はそれを確認して、核心《かくしん》に迫《せま》った。

「そもそも、俺はおまえとつがいの契約を交わしたつもりは、なかったんだけど。おまえはミルクを飲むのが、つがいの契約に該当するって知ってたのか?」

慶一郎は本心から自分のつがいになりたくて、ミルクを飲んだのだろうか。

それともミルクの誘惑《ゆうわく》にあらがえず、否応なしにそうなったのか。瑛斗はミルクの付属品でしかないのか。そこを確かめたい。

「つがいの契約を、……交わしたつもりはなかった、だと?」

慶一郎はひどく驚いたらしい。ハンドルをつかむ手に変な力が入ったらしく、車が大きく横ぶれする。

「ちょっ」

車の中でする話ではなかっただろうか。焦ると、慶一郎は車の操作パネルに手を伸ばした。

「すまない。自動アシストを入れる」

まだ一般車には普及《ふきゅう》していない車の自動運転装置《そうち》だが、この車には備わっているようだ。

話に集中するために、慶一郎はそうしたのだろう。だが、手はハンドルに添えられ、強張った顔は正面に向けられたままだ。慶一郎は口を開いた。

「ミルクが出るオメガにとって、ミルクを飲ませることが、永遠の愛を誓《ちか》う契約となる。なのに、……それを知らなかった、だと?」

瑛斗は正直に、答えるしかない。

「神代から、初めて聞いたんだ。アルファにとっては常識らしいけど、俺は少し前まで、ベータオスとして生きてきたからさ。ミルクが出るオメガについても、ろくに知らなかった。そもそも、アルファとオメガは希少種《きしょうしゅ》だ。アルファからしてみれば親しい種なのかもしれないけど、ベータオスの庶民《しょみん》にとっては、どっちの種も遠い存在だぜ。いろいろ学校で、種の差別はいけないと教えられたけど、公立学校ではアルファはクラスに一人もいなかったし、オメガも高校のときに発現したのが一人いたぐらいで、そいつもすぐに転校したからな。……それくらい、オメガやアルファとは接点なく生きてきたわけ」

自分とはあまり縁《えん》のない、特別な種。高嶺《たかね》の花《はな》、のような存在。

そんな認識だったのだ。

「ああ」

「義務教育の中で、オメガの生態についての授業はあった。だけど、それはオメガのフェロモンに惑《まど》わされて、性犯罪《せいはんざい》を起こさないようにする、というのが目的だったし、種の平等を解く人権教育だった。オメガのミルクについてまで、教えられなかった」

「そういうものか」

「だから、……ミルクを飲ませるのが、つがいの契約になるとは知らなかった。つがいになるつもりはなかった」

言った途端、また車が横に揺れたが、すぐに自動アシストで立ち直った。

慶一郎はハンドルから手を離して、手汗を拭くように膝を手でなぞった。

慶一郎がここまで動揺している姿を、瑛斗は見たことがない。表情はいつもとさして変わらないようだが、頬のあたりがひどく強張っている。かなりの不安が、その胸の中で渦巻《うずま》いているのかもしれない。

「――それで」

しばらく沈黙《ちんもく》が続いた後で、尋ねられた。

「君はどうしたい？　その気がなかったつがいの契約を、破棄したいのか。俺とは、なかなかうまくやっていたと思うが。君にその気がなかったのだとしたら、配慮《はいりょ》しないわけにはいかない」

そんなふうに言われて、瑛斗はぐっと返事に詰まった。

だけど、ここは自分の気持ちを素直に伝えるしかない。ずっとあった誤解を解きたい。

「まずは、つがいの契約を交わしたのは、俺にとっては不本意だったと伝えたかった」

「……そうか」

「破棄したい、っていったら、かなえてくれるのか？」

つがいの契約を破棄するための新薬が、開発中だと、神代から聞かされていた。

その薬について、慶一郎が話をしてくれるのか知りたい。彼が卑怯《ひきょう》な人間ではないことを確認したい。

鼓動がどくんどくんと鳴り響く中で待っていると、慶一郎が切り出した。

「つがいの契約は、今までは解消できなかった。それが常識だった。だけど、我が社で開発している薬が、最終段階に入っている。君がつがいの契約を望まないというのなら、その薬の承認が下りるのを待って、服用することも可能だ」

その言葉に、息が詰まった。

慶一郎がごまかすことなく、その薬についての情報をくれたことに感謝する。彼は誠実だと確認できた。

だが、その薬を飲んだら、慶一郎とはすっぱり縁が切れてしまう。ようやく、そのぬくもりを覚えたというのに。

瑛斗は手で口元を擦《さす》った。

「ミルクを舐められたとき、とんでもなく感じた。その後も、ミルクを飲まれるたびに、感じてた。……こんなふうになるのは、俺がオメガだからなんだって思うと、いたたまれなくなった。……つがいになったからだと思ってなかった」

慶一郎はその言葉に不思議そうな顔を向けた。それから、ぎこちなくうつむいた。

「言いにくいのだが、つがいになるときの一瞬は、ひどく高揚《こうよう》すると聞くし、俺もミルクを最初に飲んだときは、気が遠くなるほど興奮《こうふん》した。だが、一般的には、つがいになったからといって、互いの感度が上がるという事実はない」

「え」

「つまり、乳首で感じたのは、つがいの契約を結んだからではなく、……もともとその素質《そしつ》があったということだ。たくさん刺激したから、開花したのでは？」

すばずばと突っこまれて、瑛斗はますます身体の熱が上がっていくのを感じた。もしかしたら、自分はとんでもないことを告白してしまったのではないだろうか。

「だけど、オメガになるまで、乳首で感じたことなんてなかった。くすぐったいだけで」

「くすぐったいというのは、それだけ敏感で、未開発ということだ。くすぐったい部分を集中的に刺激すれば、感じるようになる。繰り返すが、もともとの素質が開花しただけだ」

「なん……だと」

瑛斗はうめくしかない。

——……ろくでもない乳首にしやがって。

恨めしく思ったが、発情している身体は、意識しただけでその小さな突起がうずいた。

その衝動を抑えこみ、見覚えのあるマンションが見えてきたのを感じながら、言ってみた。

「つがいの契約を結んだつもりはなかったから、発情期の間、どうしてあんたがこんなに親切なのか、ずっと不思議だった。ぬくぬくと甘やかされるのは、心地よかった。……あれは、全部つがいだったからなんだな」

甘やかされたことで、自分は今までベッドを共にした相手に、全く優しくなかったと気がついた。優しくされたことがなかったから、そうするものだと知らなかった。恋人にどうふるまうべきなのか、わかっていなかった。

──フラれ続けたのも当然だ。

「俺が君を世話したのは、……可愛かったからだ。愛しい相手の面倒を見ることが、とても楽しいことだとも知った。今まで世話されるばかりで、世話する立場になったことは、一度もなかったからな」

慶一郎の境遇《きょうぐう》にギョッとする。

──おぼっちゃま……！

恵まれて育った慶一郎にとっては、あの期間はむしろ楽しいものだったのだろうか。

ベータオスとして生きてきた瑛斗だからこそ、セックスのときのオスの身勝手さも我が身で理解していた。欲望が満たされれば、後はどうでもいい。そんな男の気持ちもわかるからこそ、慶一郎は本当にできた男だと思うのだ。

「神代との婚約を破棄したって、後悔はないのかよ。あんな毛色のいいアルファだし、業務提携とか、するつもりもあったんだろ」

慶一郎はその言葉に微笑んで、瑛斗の手を握った。それから、視線も向けてくる。そのまなざしは見たこともないぐらい、真剣《しんけん》なものだった。

「君は俺の、運命のつがいだ。出会ってしまったからには、どうしようもない。最初はフェロモンがきっかけだったのかもしれないが、今はすべてが好きだ。心の隙間《すきま》に、君が完全にはまりこんだ」

——心の、……隙間に？

慶一郎がどれだけ自分に惹かれているのか、だんだんとわかってくる。瑛斗にとっても、その言葉はしっくりきたからだ。自分の足りていない部分に、慶一郎がはまっている感じがある。この先、彼なしではいられないくらいに。

じわりと涙がにじんだ。人がどうやって恋に落ちるのかなんて、よくわからない。だけど、彼のことを大切に思うし、すでにその存在は不可欠なものになっている。

ベータオスとして生きてきたプライドなど、どうでもいいものに思えてきた。

彼に抱きしめられ、満たされる感覚を知ってしまったからだ。

瑛斗の手を握ったまま、慶一郎が言葉を重ねた。

「運命っていうのはこういうことなんだと、君と出会って初めて理解した。その姿や、見せる表情のすべてが、俺の心をつかんで離さない。俺が知らなかった君の新しい面を見るたびに、愛おしいと思う。死ぬまでずっと一緒にいたい。そう思う気持ちは、運命のつがいだからだと思っていたが、……違うのかな。半年先まで、会いたくないと言われたからには」

どこか寂しそうに響いた声が、瑛斗の胸に棘《とげ》を突き刺す。

大企業の執行役員ともあろうものが、捨てられた子犬のような表情を浮かべるのも反則だ。愛しくて、ぎゅっと抱きしめたくなる。

だからこそ、もう素直になって、自分の気持ちを正直に告げることにした。

「違わない。……次の発情期まで会いたくないって言ったのは、……余計な意地を張っていたからだ。……ミルクを飲ませるのがつがいの契約の代わりなんて知らなかったから、……その、つがいではない相手と、……これ以上、深みにはまりたくなかっただけで」

「深みに？」

いろいろと言い訳している自分にイラっとして、瑛斗は吐き捨てるように言った。

「だから！　これ以上、おまえのことを好きになりたくなかったってことだよ！　つがいでもない相手と！　だけど、すでにつがいだとわかってしまったからには、そんな自制には何の意味もない」

声は上擦《うわず》って震《ふる》えていた。

心をさらけ出すことには、とても勇気がいる。

だけど、消えてしまいたいと思うほど恥ずかしいのと同時に、快感でもあった。慶一郎がそれを聞いて、この上もなく嬉しそうな表情をしてくれたせいだ。

慶一郎は瑛斗をじっと見つめたまま、そっと親指の腹で瑛斗の指をなぞった。

「だったら、つがいになってたとわかった今、何も問題はないのか。半年後と言わず、毎日でも会ってくれる？」

「仕事に支障がない程度なら」

「いっそ、一緒に住まないか？」

どんどん話が進んでいって、瑛斗は目を見張った。それもいいな、と思うのだが、さすがにいきなりでは心の準備ができない。

「それは、お互いの生活リズムとかが合うかどうか、もう少し確認してからじゃないと」

「俺が合わせるよ。料理にも、挑戦《ちょうせん》してみたい」

その言葉にハッとした。慶一郎の手料理は、食べてみたい気がする。

「できるのか？」

「今まで全く興味がなかったが、君が食べてくれるところを想像したら、だんだんと」

「素質がなかったら、潔《いさぎよ》く諦《あきら》めろよ？」

そんなことを話しているうちに、車は慶一郎の自宅があるマンションの地下駐車場にすべりこんだ。

自動でエンジンが止まったので、瑛斗は自分で助手席のドアを開けて、降りようとした。だが、靴《くつ》がないことに気づく。全裸《ぜんら》同然の格好だ。靴もそのまま、神代のマンションに残してきてしまった。

どうしようかと思っていると、運転席から回りこんできた慶一郎が、助手席のほうに屈《かが》みこんだ。車に乗ったときと同様、毛布ごと瑛斗を抱き上げて、運び始める。

瑛斗は恥ずかしさに、慶一郎の胸を押し返した。

「じ、……自分で歩ける！　歩けるから。靴を持ってきてくれれば」

「大丈夫。周囲に人はいない」

瑛斗の身体を抱きなおしながら、慶一郎は楽しそうに口にする。

こんなふうに成人男子一人を抱き上げて軽々と運ぶなんて、驚異《きょうい》な腕力だ。アルファの筋力が、それを可能としているらしい。そういえば華奢に見える神代も、意識を失った慶一郎を一人で部屋に運びこんだと言っていた。

こんなふうに抱き上げられて運ばれるのは恥ずかしかったが、とても気持ちが落ち着くことだと瑛斗は知ってしまった。

——靴もないし、……ま、いっか……。

そのまま力を抜いて、慶一郎に身を預ける。

少し前までの自分だったら、絶対にそんなことはできなかっただろう。

少しずつ慶一郎に甘やかされることに慣れていく。何より、慶一郎がそうすることを楽しんでいるのが伝わってくるから、負担にならない。

瑛斗を大切そうに抱えて運んでいく慶一郎の表情が、幸せそうに緩んでいるのも見えた。

時折《ときおり》、瑛斗をちらっと見るときの表情が、眩《まぶ》しいほどに柔らかい。

恋する顔だ。

そして、その目が少し熱で浮かされているように見えるのは、おそらく瑛斗のフェロモンに刺激されているせいだろう。

誰とも出会わないまま、慶一郎の部屋のドアまでたどり着いた。

瑛斗のほうも、呼吸するたびに慶一郎の匂いを鼻孔からたっぷり吸いこんでいる。寝室に到着したときには、発情しきっていた。

ベッドに横たえられたが、慶一郎の首の後ろに回した腕を解けない。逆にぐっと力をこめて、抱き寄せた。

性急な行為をねだるために、その耳朶に唇を押しつけて、気が遠くなるほど恥ずかしい言葉を口にする。

「俺、……発情期状態だって、……知ってるだろ。……あいつに、一服盛《いっぷく》られた」

すでに我慢ができないぐらい、下肢《かし》がとろとろだ。

ろくでもない無機物でなぶられているとき、ずっと慶一郎のことを思い出していた。

――早く、あの、……熱い、慶一郎のが欲しい。

その欲望が強すぎて、一秒も余裕がない。

まともに服を着ていないのをいいことに、慶一郎の腰に膝をからめる。すると、慶一郎の体重がずしっと全身にかかってきた。

覚悟はしていたものの、一瞬、息が詰まる。

だが、こんなふうに抱きすくめられることを、どれだけ思い描いていただろうか。これは夢ではないだろうか、という考えが頭の隅《すみ》をかすめる。自分はまだ神代の寝室で、器具でなぶられ続けているのではないかと。

だが、目を開くと、すぐそこに慶一郎の顔が見えた。

「そんなふうに煽ったらどうされるか、覚悟はできてるんだろうな」

たまらなく色っぽい声にぞくぞくしながら、瑛斗はうなずく。

「……俺、あいつにミルクを搾り取られそうになったけど、……一滴もでなかった。どうしてかな?」

慶一郎相手だったら毎回出るのに、それが不思議だった。人工的に発情期状態にされたからだろうかと推測《すいそく》したが、慶一郎は自信たっぷりな顔で言ってくる。

「ミルクは、オメガを十分に満足させたときだけ出るって聞いたことがある。……気持ちよければ、いいほど味も良くなるのだと。俺以外では、物足りないらしいな」

「えっ」

まさか、と瑛斗は焦った。

確かに、慶一郎とするときのように、気が遠くなるほどの気持ちよさはなかった。もしかして、自分の身体はすでに慶一郎相手でなければ満たされなくなっているのだろうか。

——そんなことないって言いたいけど……! ……そうかも。

すでにごまかしようがないぐらい、慶一郎のフェロモンで身体が火照っている。

深いところまで身体を貫く慶一郎の楔《くさび》や、キスの甘さ。胸元に吸いついてくる舌の熱さ。それらがなければ、瑛斗は満たされない。彼の匂いを胸いっぱいに嗅ぎながら、身体から力を抜いていく。

「あと、……気になることがあって。……短期間でミルク出しすぎたら、一生出なくなるって」

前の発情期のときに、何度も立て続けに搾りとられていた。それによって、自分のミルクが出なくなることがあるのではないかと危ぶんだが、慶一郎は笑った。

「その情報は、俺もつかんでいる。気になって、どれだけ出したら出なくなるか、過去の論文を元に調べてみたんだ。ミルクが出るオメガは貴重だから、その実験例は多くないが、五個体で試してみたところ、二十四時間以内に二十回の分泌までなら、どのオメガでも問題がないようだ。さすがにそこまでは搾り取られないから、安心しろ」

——二十四時間以内に、……二十回？

さすがに、それは生物的に不可能なような気がする。逆に、ミルクが枯《か》れたオメガはそれ以上にイかされたということになるのだが、それはどんな状況だったのだろうか。

神代もそこまでミルクを搾りとらないと枯れないとまでは、知らなかったのではないだろうか。

——あのペースからして。

そもそも、一滴もミルクが出なかったことに神代は焦っていた。

——二十回かぁ……。

どこか嬉しそうな慶一郎の笑みに誘われて、瑛斗は彼の首の後ろに腕をからめる。無意識にキスをねだるしぐさをしていたのか、そのままハンサムな顔が寄ってきて、口づけられた。

キスの気持ちよさも、すべて慶一郎に教えられた。慶一郎の引き締まった頬と、自分の頬が触れる感触も好きだ。唇を割って押し入ってくる舌の強引さも、その熱さも。

「ふ」

舌を擦り合わせるたびに唾液があふれ、口腔内を探られる気持ちよさに何も考えられなくなっていく。

たっぷり唇をむさぼった後で、慶一郎の顔は喉元に移動していった。

次の瞬間には、乳首に熱い舌が吸いついていた。

「っぁ、……んぁああ……っ」

ずっとうずいて張り詰めていた乳首の粒を、ずきっとするほどの強さで吸われた途端、頭の中で快感がはじけた。

ずっと自分が待ち望んでいたのはこれだと、吸われるのに合わせて震えながら思う。

吸われた後は、生暖《なまあたた》かい舌先でぬるぬると舐めまわされた。その舌の弾力《だんりょく》も、熱さも、弄《もてあそ》ばれる感触も気持ちよすぎて、閉じたまぶたまで震えてしまう。

「……っん、……あ……っ」

胸板に押しつけられては軽く吸われ、その繰り返しに腰の奥のほうがジンジンとうずいてくる。そこへの刺激も、欲しくてたまらない。

足を開いて慶一郎の腰にからめているから、自分のものだけではなく、慶一郎のものが服越しに質量を増していくのが如実《にょじつ》に伝わってくる。

早くそれを直接突き立ててほしくて、どっと身体の奥から蜜があふれるのがわかる。それによって余計に奥がむず痒《がゆ》くなって、かすかに腰が揺れてしまう。

それを慶一郎が敏感《びんかん》に感じとったらしく、一度身体を起こし、服を脱ぎ去るなり、取り出したものを濡れた部分に押し当ててきた。

その先端の熱が、直接身体に伝わる。ぬるっと先端が滑る刺激に息を呑んだときには、一気に押しこまれていた。

「っァあぁ！　っ、は、あ……ぁあああ……！」

ずっとバイブを入れられていた影響《えいきょう》か、中は十分に柔らかくなっていた。それもあって、いつもより深い挿入に息が漏れる。

ひたすらうずいていた部分を、圧倒的な大きさでこじ開けられる。それだけで達してしまいそうなほどの、圧倒的な気持ちよさがこみあげてきた。

「くっ」

それでも中がもっと欲しがって、渾身《こんしん》の力で締めつける。慶一郎の形を感じたと思った次の瞬間には引き抜かれ、食いしめる襞が擦れる快感にうめくしかない。

だが、またすぐに同じ位置まで突きこまれた。

「っあ、っあ、あ……っ」

リズミカルに打ちこまれる。

その逞しい律動《りつどう》を大きく足を開いて受け止めながら、瑛斗は薄く目を開いた。

見えたのは、大好きな慶一郎の表情だ。

快感に目をすがめ、唇を少し開いている。そのたまらなく扇情的《せんじょうてき》な表情を見るだけで、瑛斗も煽られてならない。

痛みはないにしても、すごい質量で深くまで刺し貫《つらぬ》かれると、そのたびに息が押し出される。かすかに身じろぎするだけで、深くまで響いた。

「うぁ！」

あまりの気持ちのよさに、反射的に絞めつけてしまう。そのたびに返ってくる楔の弾力に、腰が溶けそうだ。甘ったるい吐息が、絶え間なく漏れてしまう。

そんな瑛斗を見下ろしながら、慶一郎は再び乳首に唇を落とした。

ちゅ、ちゅっと音を立てて吸われると、接合部まで響く。下肢の挿入が強すぎるものだから、別の刺激は掻き消されるかと思ったが、瑛斗の感覚は乳首からの快感を別扱いで拾いあげた。

慶一郎の形に押し開かれた粘膜は、乳首を吸い上げられるのに合わせて、ぎゅっぎゅっと中のものを締めつけた。

それが気持ちいいのか、慶一郎はさらに乳首を舐め上げる。舌先で転がされ、軽く歯を立てられて引っ張られ、そのたびに襞で食いしめた。

うずく粘膜に合わせて、大きく慶一郎が動く。えぐられるたびに、太腿《ふともも》が細かく痙攣《けいれん》した。

そのとき、慶一郎が大きく腰を突き上げた。

「ああ……っ！」

切《き》っ先《さき》が、今まで届いていなかった奥まで入りこむ。思わぬところまでえぐられて、びくんと腹筋に力がこもった。その深さに驚いて、侵入を拒《こば》むように襞が収縮《しゅうしゅく》する。

だが、その締めつけに逆らって深くまで打ちこまれ、強引にはまりこむ感触があった。

「っぁああ、……あ……っ！」

切っ先で押し上げられたオメガの器官から、圧倒的な快感が広がった。

一度刺激されると、そこがうずきだしてたまらなくなる。ゆっくりと抜き取られたが、返す動きでまたその深さまで貫かれる。

強く繰り返されるたびに、瑛斗は息を呑んで、必死で受け止めるしかない。

「っぁ……っ」

欲しかったのは、この深い刺激だ。

バイブでは届かない、奥にあるそこへの刺激。

腰を動かしながらも、慶一郎は硬くしこった乳首を転がすのを止めなかった。その小さな突起の独占権は自分にあるのだと思い知らせるように、小刻みに吸いたててくる。

同時に、濡れた襞をカリの先で割り開かれ、奥まで呑みこまされて、何も考えられなくなった。

「っぁあ、う」

神代にバイブで嬲《なぶ》られていたときの快感とは違う。慶一郎のものはしっくりと身体に馴染《なじ》んだ。みっしりと隙間なく身体を押し広げられ、自分の身体が彼の形に開いているのがわかる。

感じてひくひくと締めつけると、圧倒的な弾力で押し返されるのがたまらない。ただ入れられているだけでも、とんでもなく気持ちがよかった。

どんどん蜜をあふれさせて滑りを増していく襞を、慶一郎がピストンする速度が増していく。一突き一突きが、深い位置まで届いた。切っ先がごりっと奥に入りこむたびに、その刺激の強さに腰が跳ね上がる。

「っあ、……っぁ、……ぁああ……っ」

発情期のときもひどく感じてはいたが、今はそれを上回る濃厚《のうこう》さがあった。あのときよりも、かなり頭がハッキリしているからだろうか。

発情期のときのぼーっとした感じはなく、ひどく意識は鮮明《せんめい》なのに、感じきっている。

あえぐ声がやたらと響いているのに気づいて、瑛斗は軽く首を振った。それでも、あえぎ声は止まらない。気持ちよさが理性よりも勝る。

――……止められない。

それほど深い位置まで、慶一郎のもので貫かれているからだ。

大きく突き上げられながら、敏感に尖《とが》りきった乳首を舐められると、そのたびに達しているような感覚すらあった。

すでに自分が感じすぎて、まともではない状態になっていることを、瑛斗は自覚せずにはいられない。絶頂を超えたはるかな高みで、快感をむさぼっている。それに導いているのが慶一郎だと理解していた。

気持ちよすぎて、ずっとつながっていたい。

いつの間にか慶一郎の腰から離れて、大きく開いていた瑛斗の膝を、上から慶一郎がつかんだ。

「今日は、特別、気持ちよさそうだな」

そんな言葉とともに、腰を入れなおされる。

「っあ！」

ずん、と衝撃《しょうげき》が奥まで届いた。今までのが児戯に思えるほど、激しい突き上げに切り替えられる。

ぎゅっと搾りあげると、慶一郎のカリの形や、その表面に浮き出した血管が脈打《みゃくう》っていることすら感じられた。そのごつごつとした太い長いもので、自分の敏感な粘膜を容赦《ようしゃ》なくえぐられるのだから、おかしくならないほうが変だ。

「……っぁ、……あぁ……」

さらに両方の乳首を摘《つ》まみあげられ、動きに合わせて微妙《びみょう》に指先で圧迫されながら腰を動かされる。

快感のあまり身体の力が抜けなくなり、その大きな質感をより強く感じてしまう。

慶一郎が挿送《ちゅうそう》するたびに、その動きが胸にある指先に伝わった。乳首を摘まみあげた指先をかすかに擦り合わせるように動かされることすら快感で、やたらと腰が跳ね上がる。

のけぞるたびに乳首が引っ張られ、その新たな刺激に瑛斗はあえいだ。

どこもかしこも悦《よ》すぎて、瑛斗は身もだえした。どこでどう感じているのか、まるでわからなくなってくる。

「っぁ、……ぁああ、……あ、……ッダメ、も、……深すぎ……っ」

口ではそう伝えながらも、身体はますます開いていくのか、さらに深くしながら慶一郎が言ってきた。

「だけど、ここ、好きだろ」

慶一郎のものは射精寸前だとわかるぐらい、ガチガチに膨張《ぼうちょう》していた。

それで深い位置までえぐられると、声にならない甘い悲鳴が漏れた。

「っう、ぁ……っ！」

ぞくっと、身体の内側を電流が走る。ぶわっと鳥肌が立つ。

受け止めきれないほどの刺激の強さに硬直していると、また次の突き上げが襲ってくる。

たて続けにその熱楔を味わわされることで、言葉が出ないほど感じてしまう。

苦しすぎるほど、気持ちがよかった。

「つぐ、……ぁ、……あ、……あ……っ」

えぐられるたびに快感がはじけ、全身を電流が駆け抜ける。

昂《たか》ぶるのに合わせて乳首もどんどん硬く張り詰め、それを指先でぐりぐりされると、さらに張り詰め、あふれてしまいそうだった。

「あ、……んは、……ぁ、あ……っあ……っ」

あえぐ瑛斗の唇を、慶一郎が奪ってきた。気づけば、舌をからめる深いキスをしている。

「っんふ。……ふ、……んぁ……は、……んぁ、……んん、……ん……っ」

まともに息ができなかったから、時折、首を背《そむ》けて空気をむさぼった。だが、またすぐふさがれる。

慶一郎の動きが限界まで速くなっていく。

「んぁ！　あっ！　あっ！　ぁああっ！」

それを受け止めるだけで、やっとだ。

「俺、……も、う……っ」

身体が小刻みに震え、痙攣が全身に広がっていく。

その快感の源は、慶一郎の切っ先が押しつぶす奥深くにあった。おそらく、オメガのオスが孕《はら》むところ。そこを刺激されると、身体の芯がきゅんきゅんとうずく。

――つがいの……契約を……結ぶと、……孕むことが、あるって……。

そこは慶一郎の精液を欲しがって、うずくのだろうか。

長くて器用な指で両方の乳首を摘まれながら、同時に深くまで突き上げられる。

ついに全身が震えるような絶頂まで、押し上げられた。

「つぁ、……んぁ、……ぁああ、……あああああ……っ」

達しても、それだけでは終わらない。

がくがくと震える瑛斗の腰を抱えこみながら、慶一郎がとどめとばかりに、二度、三度と突きこんできたからだ。

「あ、う！　……また、イク……っ」

あえいで、たて続けの絶頂にたどり着いた瞬間に、張り詰めて尖りきった乳首に噛みつかれた。そこからあふれたミルクを、直接吸われる。

「っぁああ！　……んぁ、……ぁ、あ、……あっぁああ……！」

その快感に、意識が真っ白に塗りつぶされた。

こんなときでも、慶一郎にはミルクを採取しようという意識があったらしい。

ベッドの脇に準備されていた採取セットに手を伸ばし、取り出された綿棒《めんぼう》で手早くもう片方の乳首を消毒された。それが済むなり吸引機を押し当てられ、強められた陰圧で、ミルクを搾りとられていく。

「っぁ！」

ちく、と乳首に痛みが広がった。

だが、強く器具で吸われる痛みは、感じすぎてとろとろになった身体にとっては、甘いスパイスでしかなかった。

乳首を器具で吸われることで、次の絶頂へと投げこまれる。これだけで連続でイクとは思わなかったが、暴走する身体は自分では制御できない。

「はぁ、……は、は……っ」

イったことによって、また乳首にミルクがたまってきたようだ。

試験管を外さないまま、さらにミルクを吸いだされ、その透明なガラスの内側にミルクがあふれるのがわかる。

それを確認してから、慶一郎が試験管がついていないほうの乳首に吸いついた。

「んぁ、……あ……っ」

ちゅくちゅくと吸い出される快感に何も考えられなくなった頃、ようやく慶一郎の唇が外れる。

完全にミルクを吸いつくしたようだ。

乱れきった息を整えていると、試験管が外され、大切そうに保存される。そのまま乳首を綺麗にされた後で、瑛斗の身体はぐるんとうつ伏せにひっくり返された。

「っぁああ！」

背後から入れなおされ、慶一郎のものが先ほどとほとんど大きさが変わっていないことを思い知らされる。

その剛直で、射精直後の敏感な襞の様子を探るように、ゆっくりと抜き差しされた。

「っん、……ぁ、…あ……」

自分では支える力をなくした太腿に、ひくひくと痙攣が走った。

まともに立たない腰を、慶一郎は軽々とつかんで自在に突き上げる。

「っは、……ぁ、あ、あ……、……おまえ、……まだ……っ」

「付き合えるだろ？」

背後から尋ねられた。

あまりの快感にくたくたになってはいたものの、慶一郎のものを受け入れている襞には、まだうずきが残っている。もっともっと刺激されないと、このうずきは消えないことを、瑛斗は発情期のときに学んでいた。

徐々にリズミカルになっていく突き上げによって、まともに動けないはずの腰が跳ね上がる。動きに合わせて、身体が前のほうに擦りあがっていくのがわかったのか、慶一郎の手が胸元に回った。乳首をさりげなく刺激しながら、背後から引き寄せられる。

慶一郎の突き上げに合わせて、新たな刺激が乳首から生まれた。力が入らない状態の身体だが、乳首をいじられると不思議と肩のあたりまでびくびくと反応してしまう。

「あ、ぅ……ぁ……」

乳首をぐりぐりと指先で胸板に押しこまれるのが気持ちよすぎて、その快感に完全に意識が持っていかれた。慶一郎の顔が見えない代わりに、自分の顔も見られないから、安心して快感に没《ぼっ》頭《とう》できた。

後孔の深い位置まで慶一郎のものが届くと、どうしても声が漏れた。

「あ、……んぁ、……あう、ん……ああ……っ」

たっぷり揺さぶられたあげくに、また達しそうになる。

言葉にせずとも、瑛斗がそんな状態なのは、中の締めつけから読み取れるのだろう。慶一郎が動きを止めた。

一番欲しいときに動きを止められて、身体が甘くうずく。だけど、背後から身体を抱えあげられ、さらに向かい合う格好に反転させられた。

「ぅあ！」

襞がねじれる感覚をどうにかやり過ごしたが、慶一郎の腰をまたぐ形にされ、自重で中にあるものが深い部分まで届く。その感触に、瑛斗はうめいた。

どうして体位を変えられたのかわかっている。慶一郎は瑛斗がイクなり、ミルクを吸いたいからだ。

瑛斗の乳首も、吸われたくてギチギチに張り詰めている。

上に乗せられたときには、自分からも動いたほうがより悦楽が濃くなることを、瑛斗は前の発情期のときの経験で理解していた。

だからこそ、踵《かかと》を引き寄せて自分でも上下に動いてみようとしたが、完全に力が抜けていて、感じるところに擦りつけるぐらいしかできない。

そんな瑛斗の腰骨のあたりに手をかけ、慶一郎が下から腰を使ってきた。

「う！　あ、……んぁ……っ！」

疲れを知らない逞しさで、下から力強く突き上げられる、浮いた身体が重力で落ちていくのに合わせて、下から突き刺さる。

その勢いをどうにか軽減しようとしたが、うまくいかない。だんだんとその強い刺激が病みつきになって、自分からも合わせるように腰を使っていた。

「っふ、ぁ、……んぁ、……あ、……んあ、ぐ……っ」

一層《いっそう》増した快感に、のけぞってあえぐことしかできない。刺激が強すぎるから、もう少しゆっくりしてもらいたいのに、慶一郎もイク動きに入っているらしく、勢いよく突き上げられ、腰が浮いては落ちた。

それなりにガタイもしっかりとしているし、体重もある瑛斗の身体だ。だが、慶一郎はその全身の筋力を利用して、激しく突き上げる動きを止めることはない。

襞が慶一郎の形に押し広げられ、抜かれるのに合わせて収縮する。だが、間髪《かんはつ》入れずに慶一郎の楔型の先端が、深い位置まで身体を押し広げる。

慶一郎とするまでは、セックスがここまで甘美なものだとは知らなかった。

腰が落ちるたびに突き刺さる感覚が奥に響いて、そのたびに全身が震えた。その途中で慶一郎が上体を起こして、のけぞった乳首に吸いついてくる。反対側も戯《たわむ》れに、指先でいじられた。

乳首への刺激が加わったことで、さらに濃厚な快感に震える。慶一郎が身体を起こしたことによって、中にあたる角度も変わる。

違う角度から、感じるところをまともにえぐられた。

その衝撃に、目の前に火花が散った。

「っあ！　……あ、……っぁあああ……あ……っ！」

開きっぱなしの口から、自分でも呆れるほど甘ったるい声が漏れた。同時に乳首を噛まれて、乳腺の奥にずきっと快感が走る。もう限界だ。

「っあ、……イク、……ぁ、あ、あ、あ……っ」

慶一郎に深くまで串刺《くしざ》しにされながら、腰をがくがくと揺らして絶頂まで到達する。

その腰を疲れを知らずに突き上げながら、慶一郎は瑛斗の乳首を吸った。

「んぁ、……っぁ、……あ、……あ……っ！」

ミルクを吸う慶一郎の目が、快感《かいかん》に潤《うる》んでいるのが見える。

ミルクというのは、いったいアルファにとってどんな味なのだろうか。

その表情を見てしまえば、さぞかし甘露《かんろ》なのだろうと想像できるが、たぶん自分で舐めてみたところで、自分自身のフェロモンが作用しない瑛斗にとっては、ただのミルク味でしかないはずだ。

絶頂の余韻《よいん》にひくつく襞に、慶一郎のものがとどめとばかりに叩《たた》きこまれた。

気が遠くなるほどの快感の後にようやく動きが止まって、抱きすくめられる。慶一郎の身体が一瞬だけ硬直するような気配があった後で、精液を流しこまれたのがわかった。

「あ……」

火傷《やけど》しそうに熱く広がる液体の感触に、ざわりと鳥肌が立った。達したばかりの性器が、また張り詰めそうになるほどの快感が瑛斗にも生まれる。

「ん……」

つがいの契約を交わしたのだから、孕むこともあると聞いていた。

だが、それよりも強く本能に訴えかけたのは、瑛斗の胸元に顔を埋《うず》めて、おいしそうにミルクを飲む慶一郎の姿だ。

「っあ！」

張り詰めた粒を軽く歯で圧迫され、引っ張りながらミルクを吸いだされる。
その甘い感覚に、瑛斗は熱い息を漏らした。

〔四〕

ツジタケ製薬が開発したつがいの契約を解消する薬は、数か月後に無事に厚労省の許可を受けた。

アルファとオメガは日本国内だけではなく、世界中にいる。その薬の販売網は、さらに世界に広げられていくとニュースでは報じられている。

そんなある日、瑛斗は慶一郎に重役室に呼び出された。

つがいの契約を結んだものの、二人の仲は社内では内緒《ないしょ》だ。そうするように、瑛斗は慶一郎に伝えてあった。何故なら、取締役とそんな関係だと知られることで、腫《は》れものを扱うような態度で接せられたくなかったからだ。

だが、慶一郎がやたらと営業フロアに現れては夕食に誘うので、いずれは露呈《ろてい》してしまうだろう。

――フロアに来るのはやめろ、って、何度も言ってるのに。

だけど、毎回、キラキラとした目でやってくるので、あまり強くは言えない。慶一郎は二人の仲を隠すつもりはないようだ。瑛斗が隠したいというから協力している体《てい》ではあるものの、本心では公にしたがっているのではないかと、感じられることが多々あった。

瑛斗は重役室へエレベーターで向かいながら、小さく息をついた。

――けど、ま、知られてもいいか。

今日呼ばれたのは、どんな用事なのか、瑛斗は薄々《うすうす》察していた。

瑛斗から採取したミルクの中の特別な抗体の研究は、いい方向に進んでいるそうだ。

慶一郎の執務室《しつむしつ》のドアを開けると、室内には慶一郎以外に何人かの白衣の男たちがいた。

彼らは社内で、抗体医薬品を開発している部門の研究者だそうで、一人一人紹介された。

その中のリーダーが、明るい表情をして言ってきた。

「君が、あのミルクの提供者ですか。感謝します。プロラクトゲンについては、すでにいくつかの論文が出されていまして、非常に有望視されています。いつか現物が手に入ったら、研究してみたいと渇望《かつぼう》していたのですが、サンプルの入手が非常に困難で、手付かずのままでした。今後とも、継続的に提供してくださるのでしたら、本当に助かります。大勢を救う薬になるかもしれませんので、ご協力を」

キラキラした目で言われると、瑛斗は圧倒されてしまう。

「とはいっても、……実際に薬になる可能性は低いですし、可能だとしても十年先ですよね？」

その質問を、慶一郎が引き取った。

「いや、実は先行して実験を重ねている人がいるんだ。その研究者を、我が社に迎え入れることになった。彼のミルク提供者が事故で亡くなり、サンプルの入手が困難となって、この先の実験をどう進めていくべきか、途方《とほう》にくれていたところだったそうだ。基礎研究《きそけんきゅう》は終了し、今後、大規模な臨床実験《りんしょうじっけん》も行うべく、協力することが決まった」

「臨床実験？　ってことは、人にも投与《とうよ》してもいいってことですか？」

思いがけない展開に、瑛斗は目の前がぱあっと開けていくような感覚がした。

慶一郎がうなずく。

「君のお兄さんも、治験者の候補だ。症状を確認してみたところ、治験の目的とちょうど一致することがわかった。本人の同意が得られたならば、協力をお願いしたい」

「俺のミルクは、兄に効《き》くんですか？」

「君のお兄さんのみならず、多くの免疫不全の特効薬《とっこうやく》になる可能性がある」

そんなふうにさらりと答えられたので、瑛斗はどう言葉を発していいのかわからなくなった。

そのまま、慶一郎の手を強く握っていた。

胸にふくらんだはちきれそうな希望をどうにかなだめた後で、慶一郎に言う。

「それが可能ならば、……是非とも」

その横にいたプロジェクトリーダーが、この先の治験の具体的なスケジュールや、展望について詳しく説明してくれる。

先ほどの慶一郎の言葉に、誇張《こちょう》や楽観的な見通しがないことに瑛斗は驚いた。

この分では、もしかすると本当に兄の病気が治る日は近いかもしれない。

——だけど、油断は禁物だな……。

そんなふうに自分を落ち着かせなければならないほど、浮ついている自分に瑛斗は気づいた。

一連の説明を終えて研究者たちが退出すると、瑛斗は慶一郎と二人きりで残される。

「まずは、コーヒーでもどうだ?」

立ちつくしていた瑛斗を、慶一郎は応接セットのほうに誘った。そこに座って、今聞いた希望に満ちた説明を反芻《はんすう》していると、慶一郎は手ずからいれたコーヒーをその前に置いた。

気持ちを落ち着かせるためにコーヒーを飲むと、とてもおいしい。続けてもう一口、飲んでいると、慶一郎が言ってきた。

「結翔《ゆいと》と、──ああ、俺の元婚約者の、神代結翔だ。あいつとも話をつけた。神代グループは、病院経営もしていてね。そのどこも、最先端の医療機器とスタッフを揃《そろ》えた、とても良い病院だ。その一つに、君のお兄さんが転院することが決まった。治験はその病院ですることになるだろう。君が了承してくれるのなら、手続きを進める」

慶一郎は先日の誘拐《ゆうかい》の詫びとして、神代の系列病院への転院手続きを交渉材料としてねじこんでみようか、と言っていた。

そこには凄腕《すごうで》の専門医がいることを、瑛斗も以前から知っていた。

だが、その病院に入院するには、高額な差額ベッド代などがかかり、快癒《かいゆ》までの料金を負担することが困難だった。だが、その料金まで全額、神代個人に負担させる形で、先日の詫びとして話をつけるのはどうか、と慶一郎が持ち掛けたのだ。

そんなことは可能なのか、と瑛斗は危ぶんでいたが、慶一郎はあっさり話を通したらしい。結翔は金は出すが、この件に関しては一切口を出さない。神代グループの病院は、結翔の従兄弟《いとこ》が取りしきっており、結翔に余計な手出しさせないことを確認した上で、転院の手続きを進めているそうだ。

「転院日には、君も付き添ってくれ。俺も付き合うが、何より素晴らしいのは、君の兄さんの新しい主治医となる医師だな。彼は、兄さんの容態《ようだい》が落ち着きさえすれば、外で散歩することも可能だと言っている」

「え？　外って、まさか病気が治る前ではないだろ？」

「いや。容態が落ち着きさえすれば、可能だそうだ。詳しいことは、転院のときに詳しく聞こう。俺が聞いた限りでは、確かにいけそうではある。だけど、身内として納得できるまで、自由に話を聞けばいい」

転院の日程と、主治医との面会の日程も擦り合わせておくと、慶一郎は付け足した。

その主治医は、兄と同じ症状で、やはり外に出るのが困難だという患者を何人も外に出した経験もあるそうだ。それを聞いたら、希望が湧きあがる。

――外に出られるとしたら、いつぐらいになるんだろう？　どうせなら、印象的な季節がいいな。春なら、桜《さくら》が咲いたとき。夏なら綺麗な湖のほとり。秋だったら、紅葉した山の中かな。冬なら雪が綺麗に見えるところで……。

いろいろ期待が広がっていく。

瑛斗は目を閉じて一度深呼吸《しんこきゅう》してから、慶一郎に礼を言った。

「ずっと夢だと思っていたことが、実現できる可能性があるとは思わなかった。ありがとう。感謝する。このことは、すでに兄さんには伝えてあるのか？」

「いや。主治医立ち合いの元で、君が直接、兄さんに伝えればいい」

いたずらっぽく言われた。

医学が目覚ましいスピードで進歩しているのを、しみじみと実感する。いずれ、そう遠くない未来に、兄と瑛斗の夢はかなうかもしれない。

「あり……がとう」

息が喉《のど》に詰まった。

彼には世話になってばかりだ。その恩《おん》を返せるときがくるのか、心配になる。

慶一郎は、くすぐったそうに微笑んだ。

「いや。俺としても、いい報告ができて何よりだ」

キスをせがむように屈《かが》んできたので、瑛斗は彼に少し近づき、そっと唇を触れ合わせる。

運命のつがいとの出会いで、最高の未来が広がっていく。

そんな瑛斗の笑顔を見て、慶一郎が嬉しそうな顔をするのが、さらに愛しさを誘うのだった。

あとがき

このたびは『オメガの乳雫《ちちしずく》』をお手に取っていただいて、本当にありがとうございます。

次に何を書こうか、と考えていたときに、やっぱり乳首ものが書きたいよなぁ、久しぶりにおっぱいミルク？　だけど、何をどのようにしたら、ミルク出る？　って考えていたときに、オメガバだったらおっぱいミルク出ても自然じゃないだろうか、思いこんだところから始まったお話です。自然じゃない？　自然じゃない？　自然じゃない？（エコー……）

プロットを出したら担当さんが、『オメガのミルクはとても貴重で、アルファのオスだったら誰もがミルクが出るオメガとHしたい設定だとよりベターですね！』とおっしゃってくれたのもよかったよ！　誰もがミルクが出るオメガとHしたがる！　いいね！　いいね！　いいね！

というお話です。受ちゃんの乳首には、常に夢と希望と愛が詰まってますが、今回はおっぱいミルクも詰めて、お届けします！

このお話に素敵なイラストをつけていただいた、奈良千春《ならちはる》先生！　いつもいつも、素敵なイラストをありがとうございます！　毎回、とてもうっとりと、とろけさせていただいています。最高です。

そして、クールにいろいろと突っこみを入れつつ、完成まで導いてくださる担当さま。何より、お手に取っていただいた皆様に、心からのお礼を。ありがとうございました。ご意見ご感想など、お気軽にお寄せください。

Lovers Label

オメガの乳雫

ラヴァーズ文庫をお買い上げいただき
ありがとうございます。
この作品を読んでのご意見・ご感想を
お聞かせください。
あて先は下記の通りです。

〒102－0075
東京都千代田区三番町8-1
三番町東急ビル6F
(株)竹書房 ラヴァーズ文庫編集部
バーバラ片桐先生係
奈良千春先生係

2021年8月6日
初版第1刷発行

●著 者
バーバラ片桐 ©BARBARA KATAGIRI
●イラスト
奈良千春 ©CHIHARU NARA

●発行者 後藤明信
●発行所 株式会社 竹書房
〒102－0075
東京都千代田区三番町8-1 三番町東急ビル6F
代表 email： info@takeshobo.co.jp
編集部 email： lovers-b@takeshobo.co.jp
●ホームページ
http://bl.takeshobo.co.jp/

●印刷所 中央精版印刷株式会社

ラヴァーズ文庫
Lovers Label
禁断《きんだん》の凹果
禁断の凹果実
どうして・・・そんな
乳首ばっかり
「もし凹んだ乳首が治ったら、自由にしてやろう。
だが、治らなかったら、君は私のものだ——」
就活中の昭博は、借金を理由にバイト先の店長に誘惑され、
Hな動画の生配信に、毎週ひとりで出演させられていた。
昭博の陥没乳首を愛でる動画は、
なぜか人気チャンネルになってしまい、
その動画を観た、ある大企業の若社長が、
昭博の乳首を買い取りたいと言ってきた!!
「隠れている乳首を、開発するのが楽しみだ」
どうする!?　最大の貞操ピンチ!!
好評発売中!!
著 バーバラ片桐《かたぎり》
画 奈良千春《ならちはる》

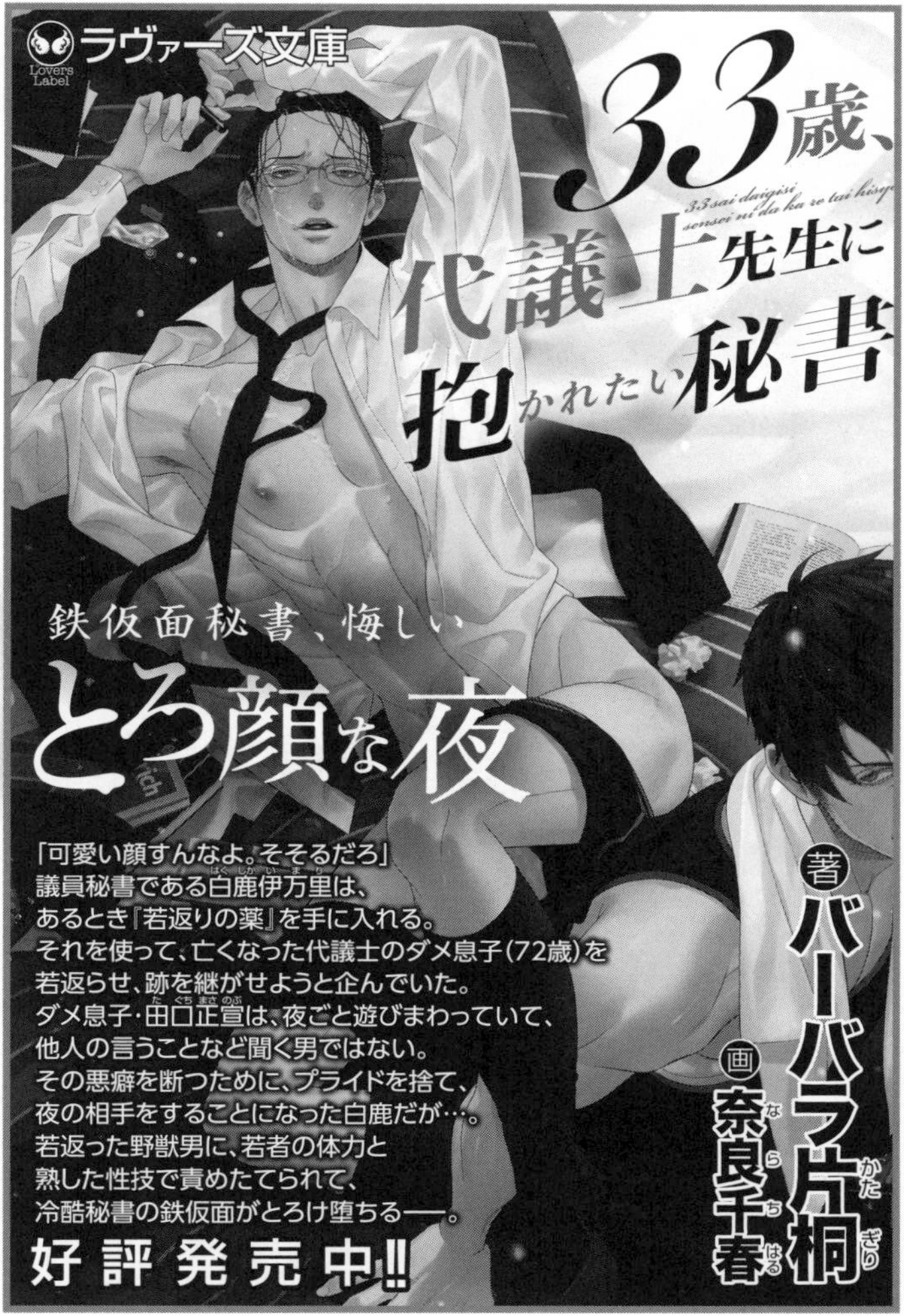
ラヴァーズ文庫
Lovers Label
33歳、代議士先生に抱かれたい秘書
33sai daigisi sensei ni da ka re tai hisyo
鉄仮面秘書、悔しい
とろ顔な夜
「可愛い顔すんなよ。そそるだろ」
議員秘書である白鹿伊万里《はくじかいまり》は、
あるとき『若返りの薬』を手に入れる。
それを使って、亡くなった代議士のダメ息子(72歳)を
若返らせ、跡を継がせようと企んでいた。
ダメ息子・田口正宣《たぐちまさのぶ》は、夜ごと遊びまわっていて、
他人の言うことなど聞く男ではない。
その悪癖を断つために、プライドを捨て、
夜の相手をすることになった白鹿だが…。
若返った野獣男に、若者の体力と
熟した性技で責めたてられて、
冷酷秘書の鉄仮面がとろけ堕ちる──。
好評発売中!!
著 バーバラ片桐《かたぎり》
画 奈良千春《ならちはる》

ラヴァーズ文庫
Lover's Label
ロマンスグレーが乱れる!?
超年上好き大学生×フェロモン系老バリスタ
72歳のバリスタ
著 バーバラ片桐《かたぎり》
画 奈良《なら》千春《ちはる》
都内で喫茶店を営む、バリスタの山辺《やまべ》(72)は、
ある日目覚めると、身体に異変が起こっていた。
身体だけが50歳も若返っていたのだ!!
「あの…、老バリスタを知りませんか?」
山辺目当ての常連客・信濃《しなの》(21)に尋ねられるが、
中身が老人だと言い出せないまま、
信濃との関係が親密になっていき——。
超年上好きの大学生×フェロモン系バリスタ。
他にも、チョイワル年寄り科学者や、
老紳士マニアの代議士秘書など、
愛すべき個性派キャラが続々登場!!
好評発売中!!